池袋ウエストゲートパーク6

灰色的彼得潘

石田衣良 ISHIDA IRA
江裕真——譯

〔導讀〕石田衣良的世界

新井一二三

一九九七年，石田衣良以《池袋西口公園》登上日本文壇，並獲得了該年的「ＡＬＬ讀物推理小說新人獎」。至今七年（二〇〇五），作者以及作品的發展都相當可觀。石田不停地發表多部短篇、長篇作品，二〇〇三年以《4 TEEN》一書贏得了第一二九屆直木獎，乃日本最有權威的大眾小說獎；有目共睹，他是當前在日本最活躍的作家之一。至於作品，《池袋西口公園》不僅化身為漫畫、電視劇、暢銷ＤＶＤ，而且發展成系列小說，已經有四本書問世，第五部也在雜誌上發表過了。

石田衣良於一九六〇年三月二十八日在東京江戶川區出生，從小喜歡看書，學生時代每年看一千本書，也就是每天平均二點七本；從成蹊大學經濟學系畢業以後，任職於廣告公司，跟著成為獨立文案家；《池袋西口公園》是他發表的第一部小說。

有一次訪問中，石田說，三十七歲那年忽然開始寫小說，是受了女性雜誌《CREA》刊登的星座算命的影響。一決定要做小說家，他採取的步伐非常具體、現實：調查好各文學新人獎的投稿規定和截稿日期，並且開始埋頭寫作。

雖然最初以推理作品獲得了獎賞，但是從一開始，他就寫各類不同性質的小說；除了「ＡＬＬ讀物推理小說新人獎」以外，「日本恐怖文學大獎」和以純文學作品為對象的「朝日文學新人獎」等，石田全去投稿，而在每個地方都引起了審查人的注意。

直木獎作品《4 TEEN》是關於四個初中生的故事；他寫的戀愛小說很受女性讀者的歡迎；以金融界為背景的小說拍成了電視劇。石田衣良的作品世界真是五花八門。

日本小說家，《文藝春秋》創辦人菊池寬曾經說：純文學和大眾文學的區別在於，前者是作家為自己寫的，後者則是為別人寫的。從這角度來看，石田衣良可以說是天生的大眾文學作家。什麼形式的小說，他都會寫，同時能夠保持自己一貫的風格。

《池袋西口公園》本來是一部短篇小說，乃池袋西口水果店的兒子，十九歲的真島誠與當地夥伴們做業餘偵探的故事。

日文原名《池袋（IKEBUKURO）WEST GATE PARK》起得非常巧妙，特有喚起力。在東京人的印象中，池袋一貫是很土氣的三流繁華區；沒有銀座的高貴、六本木的洋氣、澀谷的時髦、新宿的次文化；連地標六十層高的陽光城大樓也蓋在巢鴨監獄舊址上，也就是第二次世界大戰後，日本戰犯被關押處刑的場所，自然不會有歡樂的聯想。但是，一改用英語把西口公園說成「WEST GATE PARK」，簡直忽而出現了全新的年輕人活動區一般，特會刺激讀者的好奇心。

那形象，實際上是作者的創造。他在訪問中說：其實對池袋並不熟悉，只是曾在上下班路上經過的地點而已；作品中，對西口一帶風化店的描寫很詳細，但也並沒有實地採訪過。如果是真的，他想像力之豐富真令人為之咋舌。不過，他也承認，去哪兒都隨身帶有照相機，看到什麼都記錄下來。

一九九〇年代以後，日本經濟長期不景氣，很多青年看不到希望，過著無為的日子。真島誠和他的夥伴們，就是這麼一種年輕人。他母親開的那種水果店，也是東京人都很熟悉的，主要生意是騙醉鬼的錢。高中畢業就不上學、不上班的真島誠，從主流社會來看是個小流氓，理應缺乏正統、健全的倫理觀念。然而，一面對夥伴們或社區的危機，他卻表現得非常精明、勇敢，甚至像個英雄——雖然是三流繁華區的。

《池袋西口公園》最大的魅力，是作者以寬容、溫暖的文筆描寫著這批年輕人。作品中，幾乎沒有一個人是健康、幸福的。家庭暴力、校內暴力、神經失調、援交、亂倫、嗜毒、賣淫、非法外勞、不孕症……大家都有過不可告人的悲慘經歷、精神創傷。他們之間的來往，當初只有兩種：要麼是同病相憐，或者是徹底對抗。但是，隨著小說系列化，真島誠他們幫助的對象也開始包括老年人、殘障人士、小孩子等等的社會弱者。故事一方面保持著青年黑暗小說的架構，另一方面獲得社會、人情小說的味道。石田衣良的手藝真不簡單。

他說：二十多歲時候，曾經有一段時間情緒低落，把自己關在房間裡長期沒出來；後來經過自我訓練，逐漸對社會適應了。我們從他作品看得出來，因為有過痛苦的經歷，他是特會理解別人之苦楚的。

一九八〇年代，日本社會進入後現代階段。純文學等傳統文藝形式對年輕一代人不再有大影響力了。反之，漫畫、卡通、電腦遊戲等成為年輕人共同的文化經驗。在文學領域，內容、情節類似於漫畫的「公仔（characte）小說」流行於年輕男女圈子；其特點是，讀者認同於登場人物，像網絡遊戲一般地投入於故事發展中。

雖然石田衣良是擁有多數大人讀者的傳統小說家，但是他的代表作《池袋西口公園》對年輕人的影響之大，倒彷彿「公仔小說」。他們以英文短稱「IWGP」言及作品；認同於真島誠、安藤崇、齊藤（猴子）富士男、森永和範、水野俊司等主要登場人物之一；從電視劇到漫畫到小說，跨媒體地享受作品。

《動物化的後現代》的作者，一九七一年出生的哲學家、評論家東浩紀指出：「公仔小說」擁有資料庫形式，像某些卡通片一般，登場人物可以無限增大，情節也可以永遠發達，但是始終在一個關閉的故事空間裡。作為大都會青春推理小說出發的「IWGP」系列，似乎在走這一條路。

例如，石田衣良的另一部小說《紅．黑》的別名是「池袋西口公園外傳」。在池袋發生的賭場利潤搶奪案小說，不是由真島誠講述的，而牽涉到他老同學，缺左手無名指頭的黑社會成員齊藤（猴子）富士男。作者說，因為他想多寫點猴子，一時離開《池袋西口公園》而另寫了《紅．黑》，但始終在「IWGP」世界裡。

石田衣良寫的小說，除了「IWGP」之外，《4 TEEN》也以月島為背景，用巧妙的文筆寫下了現代東京的都市景觀。這一點非常有趣。因為他說，曾看過的幾萬本書當中，對他印象最深刻的日本小說家是永井荷風和川端康成。眾所周知：荷風是酷愛東京的老一代文人，尤其對江戶遺風愛得要死。川端也有一段時間熱心地描寫過淺草——當年東京最繁華的鬧區。

總之，關於石田衣良作品，我們可以從好多不同的角度討論下去。不過，他畢竟剛出道不久，年紀也不很大（常帶韓國明星般的笑容出現於各媒體），今後會發表好多作品；目前下任何結論都太早了。無論如何，對這一代日本年輕人來說，「IWGP」無疑成為他們永遠不會忘記的青春插話了。看完了這本書，我相信你也一定會同意。

二〇〇四年八月十日

於東京國立

〔導讀〕作家貴公子

曾志成

作家如果也有階層，石田衣良顯然屬於「作家貴公子」這一階層。貓般的男人，是我對石田衣良的第一印象，石田氏招牌瞇瞇眼以及溫文儒雅表情，不知迷死了多少日本讀者。連最近超人氣年輕實力派男優妻夫木聰都跳出來說自己是石田粉絲，可見石田衣良小說風靡已成為文學界年度流行話題。

三十七歲那年，石田衣良意外獲得《ＡＬＬ讀物推理小說新人賞》副賞（ＡＬＬ讀物：文藝春秋出版社發行的文藝誌。ＡＬＬ讀物推理小說新人賞：該雜誌推理小說部門的公募新人賞），應募代表作《池袋西口公園》（池袋ウエストゲートパーク）一舉成名，該作品被改編成電視劇後，石田衣良開始走紅日本文壇。該賞獎金五十萬日圓，全葬在一次搬家費用。

石田衣良生於東京下町江戶川區，身體流淌著不安定血液，離家獨居以來，曾在橫濱、二子玉川、月島、町屋、神樂坂、目白等地多處遷徙，樂此不疲。石田衣良的作品中充滿了東京某町的特殊情懷，即使不是出生之地，在他居住一段期間後，町所屬的氣味自然融入，成為作家的血肉。石田衣良帶著NIKON F80相機恣意捕捉各町樣貌，池袋與秋葉原便在隨機狀態下被收入文字之中，發展成看似獨立、實則相連的「池袋西口公園系列」。

以真實街景為小說舞台，描繪青少年主人公變異的成長；青春期的苦澀空洞，一直是石田衣良關注的焦點。二〇〇一年出版的《娼年》，石田衣良便透露：「要是誰說自己二十歲時活得非常快樂，這種人的話絕不可信！」

活在青春陰影之中，石田衣良從成蹊大學經濟學部畢業後，患有輕微對人恐懼症，放棄投靠朝九晚五上班族行列。二十五歲以前的石田衣良玩過股票，幹過地下鐵工事、倉庫工人、保全人員、家庭教師，全憑自我意志；三十歲後正式進入廣告界就職，結束青春放浪生活，成為一名靠寫字維生的廣告文案。

寫字工作輕而易舉，獨立門戶後石田衣良搖身一變成為廣告文案蘇活族，每天只需在家工作兩、三小時，生活便可無憂無慮。但年輕時肉體勞動的烙印沒有因此消失，中年的石田衣良突發奇想動筆寫小說，單純只為緬懷自己的憂患青春期。

以作家風格來論，石田衣良不擅長灑狗血。過了血氣方剛之年，得到優渥生活保障後才動筆寫小說的石田衣良，沒有憤世嫉俗，下筆冷靜，保持中立眼光觀看生活周遭。面對單刀直入的戀愛題材，石田衣良以過盡千帆的哀愁詮釋「大人（おとな）戀愛」（成熟、穩重的戀愛）。

與石田衣良初次相遇，短篇小說集《Slow Goodbye》（スローグッドバイ）正好擺在池袋東口淳久堂書店一樓的醒目位置，這本被譽為「珠玉短篇」的小說吸引了我。那時我的日本語還停留在「讀不太懂小說」的階段，沿著石田衣良的文字軌跡，逐字讀完其中某篇，文字意象鮮明地鑲在腦海。看似平凡的愛情逐漸壯大起來，石田衣良的文字簡單冷調柔軟易讀，使人無防備地一頭栽進他所設計的二十代（二十歲以上未滿三十歲的年齡層）男女愛情物語陷阱。與《Slow Goodbye》一樣處理戀愛題材的新作《一磅的悲傷》（1ポンドの悲しみ），主人公設定轉移到三十代都會男女，石田衣良以這兩本作品劃出日本都會二十代與三十代男女的愛情代溝。

乾淨冷調，是許多人讀完石田衣良小說後的讚歎。即使像《娼年》處理男妓題材，文字一點也不猥褻，反而異常透明美麗，這跟石田衣良文字被喻為ＰＯＰ文體脫不了關係。ＰＯＰ文體以輕口吻描述重口味，但此文體輕得有趣的文字卻有著壓倒性力量，現代日本文學在眼前這一代慢慢起了變化，石田衣良的寫作風格符合了當今文學潮流。

從東口淳久堂書店出發，穿過一個長形地下道就可抵達西口，池袋的精采在東口西口北口交織的三角地帶匯集。其中所屬的中心地帶要算是池袋西口公園了。這裡是石田衣良「池袋西口公園系列」磅礴小說的發展場所。

曾在池袋混過半年日本語言學校的我，對池袋環境再熟悉不過，常在語言學校早課過後，帶著一杯咖啡跟一塊麵包呆坐在池袋西口公園噴水池旁，觀看人來人往。東京的都市發展史上，池袋與澀谷並列為七〇年代東京「若者」（young people）之町，混雜程度與新宿不相上下，新宿與澀谷已被太多作品描寫過，從池袋發跡的青少年次文化，與其獨特的幫派械鬥系譜，在石田衣良筆下逐一展開的同時，池袋的特殊氣味有了象徵性意義。「池袋西口公園系列」不僅是石田衣良代表作，更是一窺池袋次文化的最佳窗口。

池袋西口公園的臥虎藏龍，表面上無法察覺，「池袋西口公園系列」彷彿把藏在池袋內裡的祕事掀了開來，身為讀者的我對池袋的移情從這一刻開始作用。曾到過的熱鬧商店街，穿越過情人旅館小巷，活生生觸及的池袋路人甲乙丙丁，隨著主人公真島誠的帶領，跌進了一個人情味四溢的未知推理世界。

活躍在這部青春小說裡的主人公雖然邊緣，卻散發著正義感與人性純粹光輝，石田衣良青春小說的迷人之處就在於此。流連於池袋街頭的邊緣族群：風俗孃（風塵女子），流浪漢，非法滯留的外國人、流氓組織、整天無所事事青少年，在這個活動場域交織出彼此共通的生命樣貌。「池袋西口公園系列」試圖以更新鮮的敘事方式，處理少女賣春、不登校（蹺課）、嗑藥、同儕虐待事件等等當今日本青少年問題，這些正是我所親眼目睹並理解到的東京盛場（都會鬧區）文化，非常重要的關鍵部分。

石田衣良並非少年得志，缺乏作家在成名前「十年寒窗苦寫無人問」的悲苦經歷，中年初試啼聲便贏得眾多喝采與文學賞肯定，石田衣良作品廣泛被日本讀者接受的程度遠遠超乎作者自身想像。《娼年》、《池袋西口公園之三：骨音》先後被列為直木賞候補作品，《4 TEEN》終於如願摘下第一二九回直木賞，並已改編成電視劇上映。受到直木賞三度眷戀的石田衣良，作品文字仍然輕盈，口味卻要愈來愈多樣，避開冷僻純文學，朝大眾作家之路邁進。

目次

池袋ウエスト
ゲート
パーク

灰色的彼得潘

女孩的眼睛是明亮的黃綠色，瞳孔有兩張榻榻米那麼大，眼眸裡還有星星。不過，在那大得嚇人的臉部，眼睛本來就占了三分之一的面積，所以也沒什麼好奇怪。在她笑開懷的大嘴裡，有著又紅又圓的舌尖，以及大小和小型冰箱差不多的白色牙齒。她就這樣害羞地拋著媚眼，俯視太陽城前面的廣場。

她穿的是螢光粉紅的女僕裝，這種款式源於英國維多利亞時代，在二十一世紀的日本迎向全盛期。雖然布料往上包到顎下，以盡量不露出肌膚為原則，但由於腰身緊束到極點，反倒強調了豐滿的胸部。及膝的裙子下襬有著多到不行的皺褶，每道皺褶之間的空間大到足夠給一個小孩玩躲貓貓了。腿上穿的是白色網狀絲襪。紫色的頭髮隨風飄動，形成無數道綿延一公尺的波浪。

日本傲視全球的二次元美少女，占滿太陽城對面的十二層樓建築牆面。每當夕陽一照，就連感受不怎麼敏銳的我也深受感動，認為未來的藝術一定就像這樣，既輕巧又巨大，而且一整個薄到不行。

喂，你應該也喜歡動畫或漫畫吧。我們僅有的些許教養，主要不就來自動漫的分鏡、故事以及角色的魔法嗎？

聽不懂我的意思？

我要說的很簡單。雖然東京的秋葉原向來以「御宅族天堂」著稱，但池袋也有多如牛毛的動漫或色情電玩專賣店。太陽城前方有條路叫「女孩之路」❶，街上就有很多這種店——有賣新刊與二手漫畫的店、模型或動漫周邊商品的專賣店，還有合法與非法的蘿莉控❷商品專賣店。小時候愛看動漫的少年、

---

❶乙女ロード：位於池袋的御宅族街，有許多針對女性御宅族的同人誌店面，故得名。

❷Lolita Complex：和成年女子相比，更偏愛未成年少女的一種心理狀態或興趣，簡稱Lolicon。

少女現在長大有了錢，就跑來把這裡的街道與流行變成這副模樣。世界上沒有什麼是永遠不變的。

這次要講的故事，是混跡在這條御宅族街道的「灰色彼得潘」。他只是個小鬼，卻很會做生意，單憑一己之力就把又笨又色的大人們玩弄於股掌之間，從他們身上賺來白花花的銀子。

不過池袋可不像小飛俠的永無島（Neverland），既安全又整潔。原本應該算是極其完美的生意，卻不知不覺引來了嗅到銅臭味的瘋狂鯊群，連加勒比海盜都來了，不過沒有迪士尼樂園的版本那麼可愛就是。

長久以來聽我講故事的你，應該知道我拿小孩與老人最沒輒吧。一旦他們有求於我，即使有點勉強，我也不會不出手幫忙。這次我的雞婆程度或許有點誇張，請各位不要見笑。

你應該也曾經歷那種單純到不行、想遠離這個世界、一個人活下去的時候吧，而且還裝出一副沒事的樣子，抬頭挺胸。

然而在你的心裡，其實很希望有個人來愛你，緊抱你。這種孩子般的彆扭心情，為什麼不只是小時候，到了長大之後仍會存在呢？

各位兄弟姊妹，你們的心情我懂。

這是因為，大家心中不成熟的部分雖然會磨得愈來愈少，但還是會一輩子黏在我們沒長大的屁股上。

⚜

從十一月初開始，東京的街道就到處洋溢著聖誕歌曲。仔細想想，距離聖誕節還有將近兩個月的時間，日本人卻被迫大量聆聽這些根本非自己信仰的宗教音樂，真是個寬厚的民族。

我覺得全球的基督教徒或伊斯蘭教徒，都應該學學日本人這種「隨便怎樣都好」的態度。每隔兩個月，中東和美國就輪流閱讀《可蘭經》與《聖經》，這點子如何？我想應該有助於了解彼此吧。所有一神教❸教徒之間永無止境的爭執，我已經看不下去了。

即使進入十二月，池袋街頭仍像秋天一樣溫暖。由於氣溫高得僅次於熱帶的夏天，今年冬天我照例也是暖冬打扮：過長的牛仔褲、長袖外面套著短袖襯衫、綁在腰際的開襟毛衣，是揉合了原宿品味的街頭休閒風。至於太過女性化的穿法我就不喜歡了。

我走在首都高速公路池袋線的高架橋下方，那條路有如溪谷一般，夾在外觀呈銀、藍兩色的豐田Amlux展示中心與白色的太陽城之間。雖然名為「女孩之路」，但是平常的白天幾乎看不到任何宅女。沿路開了很多動漫相關的商品店，我要去的是「漫畫的宇宙」，它的七個樓層賣的都是動漫相關產品，外牆畫著碩大無朋的女僕圖案。我想你一定也有印象吧？這可是池袋有名的女僕大樓。

我按照平常在店裡閒晃的路線，先瞧一瞧三樓新出刊的漫畫，再到五樓仔細翻閱輕小說；沒想到，現在的輕小說寫得真有趣。最後，我走到陳列動漫人偶與塑膠模型的最高樓層，略事休息。

這一層樓有價值好幾十萬圓的高級品，或是由知名模型高手仔細塗裝、彷彿藝術品般的傑作，全都是一些我買不起的東西。不過這次我是抱著期待而來的，因為有人認真地將我國中時期很迷的2－D格鬥遊戲裡的角色做成了模型。

透明壓克力盒在某個牆角從地面堆到天花板，我一邊觀賞著展示品，一邊慢慢地走著。由於是下午

❸指猶太教、基督教、伊斯蘭教等只信奉單一神祇的宗教。

不早不晚的時間，除了我之外，只有一個穿著附近私立學校制服的小鬼。

我仔細觀察著使出「天昇腳」、在空中靜止不動的春麗。人偶在壓克力盒裡的燈光照射下，看起來彷彿永生不滅——那是持續施展、直到永遠的必殺技。

小鬼站在我身邊，看著由下數來第四層的壓克力盒。

「這個人偶叫什麼？」

我轉過頭去，看到一頂霜降灰的制服帽，帽舌朝正上方指來，上頭有東池袋名校三原學院的校徽，圖案是由三枝鋼筆的筆頭所構成的正三角形，眼熟到不行。那是一所可以從小學直升到高中、以學費昂貴著稱的私立升學學校，不過它和向來讀公立學校的我完全無關就是了。

「你不知道嗎？這是快打旋風的春麗，格鬥電玩的女主角。」

這尊人偶出自某位職業模型師之手，所以標價超過七萬圓。小鬼「噢」了一聲，看著壓克力盒內部。他穿著短褲與繡了金色鈕扣的外套，背著黑色的雙肩書包。一定是小學部的。

「你常用春麗這個角色嗎？」

在我小學高年級到國中這段期間，格鬥遊戲在電玩遊樂場的熱門程度根本不是現在所能想像的。我裝出一副很厲害的樣子對小鬼說：

「不是什麼常不常用的問題。以前，各地好手會聚集到池袋的電玩遊樂場打錦標賽，我也曾經拿過優勝喔。」

「噢，這樣啊。」

這個身高只到我側腹左右的小鬼，抬一下細邊黑框眼鏡，沉默了一會兒，然後出聲叫了店員，讓我很不爽。

「不好意思，我要買這個人偶。」

正在櫃台包裝新人偶的店員連忙跑了過來。

「好的，您要買編號七十二的人偶沒錯吧？」

小鬼點點頭。店員從腰上掛著的那串鑰匙之中，選了一把很像玩具的鑰匙，打開壓克力盒，將腳踢得直直的春麗小心翼翼拿出來，開口問我：

「請問是由您付款嗎？」

怎麼可能？我從來沒帶過七萬圓現金出門逛街。

「我和他沒關係。」

小鬼抬頭看著我，微微一笑，是有錢人臉上那種游刃有餘的笑容。我實在不想對小鬼使出快打旋風裡邪惡魔王Vega的必殺技Psycho Crusher，只能硬逼自己露出窮鬼般的微笑。小鬼對店員說：

「我自己付錢。隨便包一下就行了。」

小鬼打開黑色書包，拿出黑色皮革的錢包。我抵擋不了自己沒品的好奇心，看了看錢包裡有什麼——像是沒用過的摺紙，萬圓紙鈔整齊地放在裡面。略胖的御宅族店員說：

「請到收銀機這裡。」

穿著霜降灰制服短褲的小鬼對我點點頭，一副無所謂的模樣，跟在恭敬地捧著春麗的店員後面。不知道各位能否理解，我們的世界到現在還是分裂為「有錢人」和「沒錢人」兩大塊，可怕的貧富差距時代。

已經過了二十歲、老大不小的我，就這麼眼睜睜看著小學生搶走了好吃的獵物。我可不能再當什麼水果行店員了，或許也該開始從事ＩＴ產業之類的比較好。

這樣一來，別說買什麼人偶了，就連經營陷入困境的職棒球團，或是外牆畫著超大女僕的大樓，搞不好都能說買就買。我就是這種在掏錢買彩券之前，就先作夢考慮一億圓該怎麼花的人。

我真是沒救了。

過了三天，Zero One約我見面，地點是他的辦公室——位於東池袋、二十四小時營業的Denny's，就在那條動漫街再過去一點。他坐在窗邊的四人座位，對我說道：

「終於也輪到阿誠走運啦。」

講得不清不楚的。我看著Zero One那顆光頭，兩條鈦合金天線還是和以前一樣從額頭延伸到頭頂，但臉上卻多了不鏽鋼的飾品；與其說那是人的臉，不如看成是一棵掛了太多銀飾的聖誕樹。我沒作聲，他繼續說：

「這次是保證賺得到錢的工作。對方先付一半，訂金十五萬圓。」

我真想吹口哨，畢竟以前來找我處理麻煩的全是一些沒錢的窮人。但即便如此，我還是嘴硬地唱反調。

「太危險的工作我不接唷。」

Zero One把玩著穿在眉緣、看起來很重的眉環。

「不是那種的啦。你就先聽聽看對方怎麼說吧。我想你一定會接的。」

這位池袋的情報販子、北東京首屈一指的駭客老兄自信滿滿地說道。我老大不爽地說：

「在眼睛前面掛著那種跟甜甜圈沒兩樣的玩意兒，你不覺得視野變差了嗎？你身上到底穿了幾個環啊？」

Zero One一笑，頭部的皮膚就皺在一起，表情變得像頭溫柔的怪物。他以沙啞的聲音說：

「十七個。品質都還算不錯啦，你看。」

他把迴紋針黏在眉環上。

「這是特別訂做的，可以當磁鐵用，很方便哩。」

我一臉厭煩，看著這位在眼前晃著迴紋針的情報販子。

「知道了啦，趕快把迴紋針拿下來吧，不然連我都會被當成怪胎。那要和對方約什麼時候？」

Zero One微微一笑，以瓦斯漏氣般的聲音說道：

「馬上去找他吧，事情似乎滿緊急的。委託人正在淳久堂書店❹旁邊的星巴克等你。我已經向他吹

---

❹ジュンク堂書店（JUNKUDO）：位在南池袋二丁目、加上地下一樓共十層樓的大型書店，在二〇一五年Libro池袋本店閉店後，可說暫時在該競爭激烈的書店區獨占鰲頭。

噓說你是池袋最有能耐的人了，你可要使出渾身解數啊。」

他話一講完，似乎就對眼前的我沒有任何興趣了，注意力再次回到並排在餐廳桌面上的兩台筆記型電腦。

算了，反正這傢伙本來就活在0與1的位元世界，而不是我們所處的現實世界。

池袋的星巴克真是多到爆。但對我來說，星巴克和羅多倫、Pronto或Veloce等連鎖咖啡店都沒什麼差別，有時尚感的店就是會讓我覺得不自在。我看了菜單半天，好不容易才點了一杯摩卡瑪奇朵。

我拿著附有奇怪蓋子的紙杯走上二樓。十二月午後那熟透的陽光照射在沙發座位，那個傢伙坐在上頭對我招手。他穿著霜降灰的短褲。竟然是那個戴眼鏡的臭屁小鬼。本來想繞過去坐在他右邊，後來還是決定在他對面坐下，反正聽聽他要說些什麼也沒有損失。

「呵呵，原來如此。這位就是真島誠呀。」

「我不是這位也不是那位。你呢，叫什麼？」

他坐在單人沙發的正中央說：

「小野田稔。」

「幾歲？」

他抬一下眼鏡，露出不滿的神色。

「大人老是立刻就問我幾歲、幾年次。這種事很重要嗎？我只不過想好好找個人委託一份工作而已。那你又幾歲？」

我看著他認真的臉。確實，我幾歲和他要講的事一點關係也沒有。

「我知道了，我幾歲確實和你要委託的事沒什麼關係。不過既然你來找我商量，應該就是很棘手的事吧。這樣的話，我還是必須知道你成年了沒；如果你未成年，那滿十四歲了沒。所以，你幾歲還是大有關係。」

我凝視著小鬼的臉。最近的小鬼為什麼頭都比較小呢？我可沒聽過有什麼能讓頭蓋骨縮小的優良基因呀。

「這樣你還看不出來嗎？三原學院小學部五年級。不過我接下來要講的事，請你向我父母保密。」

就在我們認真談事情的時候，他的視線游移起來，從我的背後由左至右、陽台一直往樓梯的方向看過去。我也稍微回頭看了一下。搞不好有什麼危險人物在跟蹤這個小鬼。

不過，靠在樓梯扶手的是一個在講手機的女高中生。長得滿普通的，腿也和電線桿一樣粗。但在深紅色的勞夫．羅倫（Ralph Lauren）開襟毛衣下方，是一件短到不能再短的格子裙，大概只有文庫本的書長而已，剛好勉強蓋住內褲底部。

「你喜歡那種女生啊？」

短褲小鬼以輕蔑的口吻說道：

「真不知道那種人到底哪裡好？大人真是讓人搞不懂。只要說自己是女高中生，好像就很有價值，腿那麼粗，裙子卻穿得那麼短。這都是男人的錯，只因為她們年輕，就不斷向她們獻殷勤，討好她們。」

這個小學生講的話還真是出乎意料的正經。

「既然這樣，你幹嘛看她們？」

小稔一手抓起綠色手機。

「我問你，一加一等於多少？」

他將手機內建的相機對著我。沒有快門的聲音，就這樣寂靜地拍好了。他把液晶畫面秀給我看，然後按回上一張照片。小小的液晶螢幕裡，鮮活地浮現由下往上拍攝的裙底風光，雪白雙腿之間是小花圖案的內褲。由於拍攝的時候裙襬搖晃，照片有點模糊。小鬼意興闌珊地說：

「這就是我的生意。」

我訝異地問道：

「你是怎麼消掉快門聲的啊？」

小稔露齒一笑，從短褲口袋拿出另一台手機。他兩手各拿一台，得意地說：

「這支是講電話用的。綠色這支是拍照專用的，所以把連接到喇叭的電線剪斷了。工作專用唷。」

「你拿偷拍的底褲照片做生意啊？」

為了偷拍而使用違法改裝手機的小學生。二十一世紀的孩子們，到底要進化到什麼程度啊？我實在跟不上他們了。

「把這些照片燒到CD－R之後，再上網賣。我做過各種實驗，發現客人比較喜歡低畫素的手機CCD所拍的照片，不喜歡高性能數位相機拍出來的，因為低畫素照片比較有真實感。價格也是，定價愈高賣得愈好。」

我訝異地看著這個就讀名校小學部的紅頂小商人。

「你連定價也做實驗啊。」

他開心地點點頭。

「嗯。一樣的照片，每張三千圓與七千圓，花七千圓買照片的客人多了一倍以上。大家似乎誤以為照片賣得愈貴，內容就愈棒。」

我要好好反省一下。大家都容易盲目地認為東西賣得貴，是因為成本很高。真是資本主義的神話。

「這樣不是很好嗎？看來你生意做得不錯嘛，那個春麗人偶說買就買。」

小稔露出憂鬱的表情，開始玩起放在沙發旁的制服帽。臭屁的紅頂小商人突然變回他這個年紀的一般小學生。

「但是我的祕密被一些奇怪的人知道了。」

好極了。我本來還在擔心，神是不是這麼不公平，只給這個小鬼十足的好運。我對他露出大人那種「小事一樁啦」的笑容。

「那麼，你有什麼麻煩呢，小稔？」

❦

「都是我們班的大山害的。」

小稔小聲地說道。我想像在班上遭受恐嚇的小稔，不知怎的竟有種開心的感覺。讓小鬼稍微嘗點苦頭，對他來說或許是不錯的良藥。

「大山有個哥哥在高中部，叫做翔太，說要幫我工作，有夠煩。」

高中生把手伸向小學生的非法生意。原來弱肉強食不只會發生在ＩＴ產業或球團經營呀。

「那傢伙的工作能力強嗎？」

小稔搖搖頭。

「他根本沒膽偷拍，也不會用電腦，又不知道怎麼設計才比較容易拍成。你知道我們是直升高中的學校吧，即使功課跟不上，還是當得了高中生。」

小稔嘆了口氣，抬頭看著我。我也看著他的眼睛。

「你自己應該也覺得這並不是什麼正當生意吧。即使如此，你還是要繼續販賣偷拍照片光碟嗎？」

小稔聳聳肩。這動作跟他那身升學學校的灰色制服還真配，很帥。

「我並不打算一直做這種事，等我再大一點，我要自己開公司。但是沒有人會雇用小學生，小學生也不能登記開公司。」

他是不是有什麼事需要用到錢呢？我決定不去探究客戶的隱私。每次我都過度關心了。

「那麼，問題只出在這個叫做翔太的傢伙身上嗎？」

小稔憂鬱地說：

「不止。翔太還有兩個同夥，叫做重行和浩一郎。」

名校吊車尾的不良少年三人組是吧。這次的對手，和拳擊比賽的蚊量級一樣好對付。不過即使這麼輕鬆就能賺到小鬼的謝金，我也完全不會受到良心的譴責。真是太幸運了。

「那些人說了什麼？」

「如果分一點好處給他們的話，就不會向我爸媽或學校爆料。還說如果事情曝光，我就必須退學，家裡也會出大事。即使我現在收手，他們手裡還是留有我以前拍的光碟。」

這樣一來，不但生意做不下去，也無法全身而退。真的是很傷腦筋。

「如果當成是上繳的稅金，分他們一點錢如何？這也是沒辦法的事。」

小稔的臉色變了，他以進入變聲期之前的高亢語調大叫：

「他們要分我一半的錢！法人稅的稅率也不過百分之三十而已。翔太那幫人一點力也沒出，憑什麼分走我一半的利潤？」

誠如他所言，不費吹灰之力就分到一半利潤，豈有此理。這小鬼雖然靠著偷拍裙底風光謀利，但是對於很多事情，他的頭腦卻是清楚得很，真是不可思議。小稔抬頭看著我的臉，那雙隔著鏡片的眼睛，透著最近的孩子少有的透明感。

「誠哥是池袋首屈一指的麻煩終結者，對吧？拜託幫我想辦法擺脫翔太他們，一次解決就好，不要拖太多次。要我付封口費也行。」

我好不容易把摩卡瑪奇朵喝完了。

「你可以出多少？」

小學生毫不猶豫地回答：

「上限是每人十五萬圓，三人共四十五萬圓。」

他給我的前金好像也是十五萬圓。我好奇地試探：

「為什麼是十五萬圓？這金額有什麼特殊意義嗎？」

穿著灰色制服的小學生沉默地搖搖頭。我們交換了彼此的手機號碼就道別了。小稔說他家住雜司谷，以小孩的步行速度，大概只要十分鐘的路程。我聽著讓人莫名感傷的〈我看到媽咪親了聖誕老公公〉，在淳久堂的一角目送他背著黑色雙肩書包離去的背影。

⚜

優秀的生意人果然不同凡響。那天晚上，小稔打電話到我家，說是已經和高中部的三人組約好碰面了——第二天放學之後，約在目白站前的麥當勞。

我並沒有多想什麼，畢竟只是和高中生起爭執而已，不算太難處理的事吧。他們只是貴族高中的學生，如果向學校檢舉小稔，他們勒索小稔的事也會曝光。

如果這樣還想繼續勒索、不願收手，只要讓他們看看可怕的東西就行了。任何生活在池袋的小鬼，都不可能沒聽過G少年的傳說。雖然我不太喜歡借用別人的名號來做事，但萬一碰到什麼麻煩，我會二話不說向G少年的國王崇仔借個名氣用用。說起來，過去我免費幫過他好幾次，我想他應該不會為此感到不悅吧。如果他真的生氣，大不了請他吃頓好的就是了。管他是哪種國王，如果整天只和隨從喝酒，也是滿掃興的。我和崇仔之間，可不存在什麼組織的規定。

我好整以暇地在西一番街的水果店顧店，等待約定的時間到來。天氣好又沒什麼客人，真是溫暖的十二月，就這樣什麼也不想地站在門口，實在是很舒服。擺在收銀機旁的ＣＤ音響播放的是莫札特的歌劇傑作《魔笛》，一會兒是夜之女王，一會兒是捕鳥人，一會兒又是什麼祭司的，登場人物我完全搞不懂。由於故事受到共濟會（Freemasonry）思想的影響，有很多地方不知道在演什麼，不過仍然感受得到充滿童話般的快樂氣息以及優美的旋律，正適合閒適的十二月午後聆聽。

「阿誠，這也是聖誕歌曲嗎？」

比較沒有這方面素養的老媽，一邊聽著三名少年的合唱，一邊問我。我蹲在店門口堆著王林蘋果，一面回答：

「不是，那是莫札特，和聖誕歌曲沒什麼關係。莫札特妳聽過吧？」

老媽以雞毛撢子的末端打著拍子說：

「噢噢，就是那種放給乳牛聽會讓牠們的出乳量變多，或是放給孕婦聽會讓嬰兒的頭腦變好的音樂，對吧？」

穿著厚重羽絨外套的老媽以難過的眼神看著我。

「可惜在生你的時候，沒有好好聽這種音樂。」

我只有高工畢業並不是任何人的錯。雖然差點毫無意義地和老媽大吵一架，但因為已經要出門了，最後我姑且無視於她的挑釁。但是，如果胎教聽莫札特真的有用，不知道我會不會也去讀三原學院，然後靠偷拍光碟賺一筆？

不過那樣的校園生活至少還不壞吧，也很有池袋的感覺。

由於快樂兒童餐推出新款迪士尼玩具，目白的麥當勞擠滿了帶小孩排隊的父母。我和小稔在店門外碰頭後，到二樓挑了靠窗的位子坐下。路上到處看得到聖誕樹與聖誕花圈。今年似乎流行那種玻璃纖維做的聖誕樹，它會反覆出現七色的變化，由紅變紫，靛變藍，綠變黃，最後變成橙色，再慢慢變回紅色。想必又是中國製的玩具。但玩具固然廉價，每年倒是愈來愈高科技化。唯一沒有高科技化的，就只剩人類了。

小稔一直朝著對街手機賣場外的聖誕樹望，有一種莫名的落寞。

「你家有裝飾聖誕樹嗎？」

小稔恍了神，沒有回答。過了一會兒，他似乎才察覺到我在旁邊。

「嗯，我家有聖誕樹，不過不是那種電子式的。」

我問了一個認識小稔之後就一直很在意的問題。

「你家如何？」

穿著制服、面對窗戶的小稔把頭轉向我，想了很久之後才說：

「我家是白色的。」

一般來說，別人問「你家如何」，沒有人會回答建築物的外觀吧？

「我不是問那個，是問你家人的事，像是你爸、你媽，或是你……」

此時，我們坐的鋁桌隔壁有人出聲，是極盡虛張聲勢之能事的小鬼聲音。不必轉頭看我就知道，一定是那三個傻蛋。

制服夾克的領子立著，白色襯衫敞開到腹部。脖子上戴著看起來很重的銀色項鍊，像是Chrome Hearts的設計，但肯定是假貨吧。低腰的灰色褲子，褲管下方沾滿泥巴。黑皮的平底懶人鞋應該是高級品，但光腳踩著它走，跟穿拖鞋沒有兩樣。三人組正中央的小鬼說：

「久等了。你就是真島誠啊？」

三個人手裡拿的是打折後只要一百圓的麥當勞奶昔。再怎麼凶狠的人只要手上拿著草莓奶昔，嚇唬的效果就減半了。

「噢噢，就是我。坐吧。」

如果每個人都把大腿張成九十度角的話，四人座的桌子就太窄了。只有中間那個銀髮小鬼誇張地坐得開開的，旁邊兩人則穿著從來沒擦過的鞋子蹺二郎腿。

「我叫大山翔太，他們叫安達重行與前田浩一郎，是我朋友。你的名字我們都聽過，就是眾所周知的G少年嘛。」

他這樣說，我真不知道是好事還是壞事。總之我先和他講清楚：

「我可沒加入G少年啊。不過倒是有幾個朋友在裡頭。」

聲音低沉的銀髮小鬼乾笑道：

「我知道，你說的是G少年的國王安藤崇吧。我們學校也在池袋，不可能沒聽過你們的事蹟。」

雖然還滿光榮的，但我卻一點也不開心。與其因為這種事走紅，還寧可我家的水果行可以紅一點。

翔太別開視線，落在小稔身上。

「喂，矮子，你找不相干的人幹嘛？這不是我們之間的事嗎？」

我插了嘴。

「喂喂，你們三個是高中生，他只是一個五年級的小學生。即使再加我一個，也沒有什麼好奇怪的吧。」

翔太露齒笑道：

「這真的和你沒什麼關係，是我們和小稔之間的生意。」

我也笑著看著他們三人。

「勒索小孩子，就是你們所謂的生意？」

翔太和左右兩邊的人面面相覷，刻意裝出驚訝的神情看著我。

「一開始是這小鬼先偷拍別人，所以是他的錯。我們還在小學部的時候，可沒學會做這種壞事啊。我們只是想要提醒他，把他導向正途而已。」

真是滿口仁義道德的小鬼。如果是在我以前讀的高工，應該早就翻桌了吧。少爺們讀的高中果然不同。

「小稔要我出面和你們交涉。」

翔太一臉游刃有餘的樣子，喝著草莓奶昔說：

「所以呢？」

「條件只有一個，各付給你們三人十五萬圓的封口費。錢只付這一次，沒有第二次。將來你們不能再插手他的生意，或是亂放話。」

「這算什麼呀！」

「開啥玩笑！」

三人在改裝得有如咖啡廳的麥當勞二樓放聲大喊，其他客人都往我們這裡看。我無視於旁人的目光，低聲向三人說：

「這是我們唯一能提出的條件。小稔，放給他們聽。」

小稔從短褲口袋拿出手機。不是那支偷拍用的綠色手機，而是喇叭可正常發聲的手機。小稔伸出小手，把手機放在桌子正中央。手機播放出沙沙作響的錄音內容。

「你聽好，我們知道你靠什麼在賺錢。我們不會數落你的不是，但如果不希望我們向你爸媽或學校告密，就把錢交出來。這樣吧，分一半的利潤給我們，就永遠幫你保密，要我們幫你的忙也是可以。」

是翔太的聲音。小稔按下手機的按鈕，停止播放。我說：

「一個小學部的孩子比你們幾個高明多了。小稔早知道會有這麼一天，拿手機錄下了你們脅迫的過程。如果你們向任何人告密，小稔偷拍的事固然會曝光，你們勒索的事也會曝光，到時候誰比較痛還不知道呢。怎麼樣，一人拿十五萬圓就收手了吧，這樣的條件應該不算太差。再怎麼說，你們可是不費吹灰之力就拿到這筆錢呢。」

坐在兩邊的重行與浩一郎似乎突然覺得椅子很難坐，焦躁地動了起來。

「等我們一下。」

翔太說完這句話，就把兩人拉到二樓內側的沙發座位去商量。最近星巴克或麥當勞似乎都認為設置沙發座位是理所當然的。順帶一提，我那四疊半的房間並沒有沙發。拿到這次簡單任務的報酬後，我也來買張單人座沙發好了。不過如果擺上那種東西，我可能就沒地方鋪棉被睡覺了。

我看看小稔，他的臉因亢奮而脹紅。黑框眼鏡、紅紅的臉頰，真不知道這孩子為什麼會跑去偷拍，怎麼看都只是上補習班的小學生而已。我靜靜地向手段高明的小學五年級生比出勝利手勢。他應該是那種相當沉著鎮靜的孩子吧，並沒有向我回比同樣的手勢。

真慎重的孩子。不過勝負從此刻才要展開，因為小稔有我當靠山，三人組也有別的靠山。小鬼們之間的爭執就是這樣才麻煩。

從沙發座位走回來的翔太，臉色整個變了，連講話都客氣起來。

「不好意思，誠哥。」

他顯然是在害怕什麼。接著翔太突然打了坐在身旁的重行的頭，很像是資深漫才組合中負責吐槽的角色。那一掌打下去的聲音真是悅耳。

「剛才談的條件，如果只有我們三個人的話，是還滿ＯＫ的，但這傢伙卻不小心把消息透露給某個麻煩人物知道了。」

我訝異地看著這個人格異常的不良少年。麻煩人物？難道又有什麼黑道組織的小嘍嘍要出場了嗎？雖然我不擅長對付那種人，但在池袋這一帶，倒還找得到幾條門路可以幫忙。

「是黑道方面的人嗎？」

一聽到這句話，翔太用力搖了頭。對這三人來說，似乎是個比黑道還恐怖的人物。默不作聲的重行一面把頭髮往上撥，一面說：

「不好意思。我今天來這兒的途中，在綠色大道上碰到了那個人。他問我最近有沒有什麼好康的，我就嚇得把事情都告訴他了。」

我不懂他的意思。我看了看小稔，問道：

「那麼，那個人是誰？」

重行一臉懼意地回答：

「丸岡。」

小稔「咦」的一聲叫了出來。似乎是個除了我之外，在場的每個人都知道的名人。

「丸岡是誰？」

翔太嘖了一聲，說：

「他以前讀過我們高中，是個極其凶殘的人。只要一抓狂，你不知道他會做出什麼事，和他講理也沒用。而且他還常嗑市售成藥，總是high到不行。」

剛才一直紅著臉頰的小稔，這下子一臉鐵青。

「我也聽過他的名字。丸岡的綽號好像是『瘋狗』吧。據說他曾經一人力敵三十人，最後他贏了。」

真的假的啊？這個綽號聽起來很像WWE❺的選手稱號。崇仔如果面對三十個對手，恐怕也有點吃

---

❺ World Wrestling Entertainment，世界摔角娛樂公司主導的職業摔角聯盟。

力吧。看到我的表情，翔太說：

「是真的。雖然丸岡自己的手和肋骨都斷了，但那場架他還是幹贏了。一半對手被他打倒，另一半則嚇得四散逃逸。」

重行以快要哭出來的聲音說：

「那個人真的很可怕啊。進少年感化院時，他也惹出很多問題，一直都是自己一個人一間房。」

池袋的街頭還真寬廣，似乎還有很多我不知道的怪物存在。翔太又打了一下重行的頭說：

「這麼重要的事怎麼不先講呢！丸岡聽完重行說的，似乎希望整件事都交給他來處理。這傢伙被丸岡嚇到，就把小鬼的電話告訴他了。現在我們三個人打算抽手。」

翔太以憐憫的眼神看了我和小稔一眼，喊了一聲「走吧」，三個人就一同起身，沒有再提到封口費了。

我和小稔離開麥當勞，在目白通上走著。這條路上有川村學園、學習院與目白小學等多所學校，兩旁種了很多美麗的行道樹，櫸樹與銀杏的落葉讓平凡無奇的人行道變得有如鋪上豪華地毯一般。這裡不同於池袋的繁華街道，連聖誕歌曲聽起來似乎都比較像樣些。

我對穿著制服的小稔說：

「怎麼辦？事情好像變得很奇怪。那個叫丸岡的傢伙，真的那麼危險？」

小稔似乎踢落葉踢得很開心，一面以小皮鞋的鞋尖踢飛紅色、黃色的葉子，一面往前走。

「我對他不太熟，但聽說是很可怕的人。我們這種升學學校雖然比較沒有什麼不良少年，但唯獨那個人不一樣。學校裡只要一聽到丸岡來了，老師都會馬上報警。」

「這樣啊。那我的工作似乎還沒完成呢。」

「嗯。那個，誠哥，你能不能偶爾陪我走走路？」

小稔難為情地低頭看著自己的鞋尖。

「我在學校裡的朋友不多，很少像這樣有人和我一起走路。誠哥你很有名，也是很好的保鑣。這件事我願意另外付錢。」

我看著一身灰色制服的小鬼說：

「哪有人會付錢請別人陪自己走路的。反正我現在還在幫你做事，每天陪你也沒關係。但是等到一切塵埃落定，希望你可以不用靠錢，而是以自己的魅力吸引別人和你一起走路。如果你老是這樣，女生不會喜歡你的。」

老是沒女友的我講這種話，雖然沒什麼說服力，但小學生不可能識破才對。可惜小稔太敏銳了。

「誠哥講得好像很厲害，但是從我們碰面到現在，似乎沒有任何女人打電話給你，不是嗎？」

正確答案。我不甘心地說：

「可是，男人的價值並非以他身邊有多少女人來決定吧。」

「說得也是。我開始覺得偷拍女生內褲是件很無聊的事了。」

在北風吹拂下，人行道的櫸樹隨之搖曳，茶紅色葉子落了下來，彷彿是舞台降下的布幕一樣。我把手放在小稔的帽子上。

「你知道就好。我不是你們學校的老師，所以不打算批評你這種行為的對錯，只要你自己試過之後找到答案就行了。至少你比我讀小五時聰明多了。」

接著，我們慢慢走下千登世橋的環形交叉口，進入明治通。由於地下鐵施工的緣故，這條東京幹道老是在塞車。準備回家的小稔站在斑馬線向我揮手道別。他背著雙肩書包的背影，左搖右晃地慢慢遠去。

我是獨子，沒有兄弟姊妹，如果有個年紀比我小很多的弟弟，大概就是這種感覺吧。既聰明又臭屁，講話常常直到讓人捏把冷汗。小時候的我，或許也這麼可愛呢。

不過，我以前倒是沒有偷拍過別人。

隔天氣溫驟降，轉為年末的東京應有的寒冷。雖然冷的程度和往年差不多，但是我已經習慣暖冬，變得不太能忍受個位數字的氣溫。我翻出去年的羽絨外套穿上，開始顧店。

這個時候年終獎金已經發了，所以店裡的生意會比較好。我們店的景氣指數在去年夏天至秋天跌到谷底，和當時比起來，目前雖然只多了幾個百分點，但至少已有所改善。不過業績上升的幅度仍不足以讓老媽幫我加薪就是了。

我無所事事，才剛開始發呆，手機就響了。

「喂喂，誠哥嗎？」

是小稔的慘叫聲。

「怎麼了？」

「丸岡跑來了。」

「跑去哪？」

「我家前面。早上有好幾通沒看過的號碼打給我，我一直沒去理會，現在才發現他跑到我家前面來了。我剛剛放學回家還沒看到他。天氣這麼冷，他只穿一件襯衫，一直坐在欄杆上，看起來真的很像死神。」

坐在欄杆上的死神，真想瞧瞧。小稔的聲音開始顫抖，似乎真的很害怕。

「誠哥，你說我該怎麼辦？」

這個嘛，怎麼辦好呢？總得先讓丸岡離開小稔家才行。

「我知道了。你聽好，下次他再打來，你就接電話，然後告訴他你有話要跟他說，和他約個人多的地方好了。」

原本我想建議小稔約在西口公園，但天氣這麼冷，瘦小的小稔可能會很難受。

「你知道東京藝術劇場的電扶梯上去的那家咖啡店嗎？就約他一個小時後在那兒見面吧。我也會去，你就和我一起過去。時間還早，你應該可以出門吧？」

小稔的聲音仍在顫抖。

「沒問題。我媽今天要打工，不會那麼早回來。那我們一起吃個晚飯吧？我請客。」

我這個水果行店員再怎麼窮，也不能讓小學生請我吃飯吧。

「我們各出各的就好。那和他約好之後，你再打給我。」

說完，我看向西一番街。厚厚的雲層覆蓋著冬季天空，成為一片灰色。到了傍晚，氣溫似乎會變得更低。我試著想像，如果我被稱為「瘋狗」，過的會是什麼樣的人生呢？

與其被冠上這種綽號，我還寧願在池袋這個滿是塵埃的地方當個「萬用打雜工」。

整整一個小時之後，我抵達藝術劇場前的廣場。天氣都冷成這樣了，西口公園還是有一群人照樣下著露天將棋。噴水池邊有個人自備鍵盤與擴大機在自彈自唱，唱的是愛得死去活來的情歌。長椅上則有情侶徜徉在兩人世界，完全無視於周遭的人事物。沒有人關心別人在做什麼。此時此地，有無數的人獨自懷抱著自己的孤獨活著。都會裡這種冷淡與事不關己的態度，讓我覺得滿舒服的。只要在池袋這兒出生、生活二十年以上，任誰都會變得如此。

「我等你好久了，誠哥。」

這是我第一次看見不是制服模樣的小稔。牛仔褲配上灰色連帽外套，外面再加一件橘色的羽絨外套。小稔母親搭配衣服的品味似乎不錯。

我們搭上電扶梯。不管任何時候來這家咖啡店，一定都有空位。女服務生要我們自己挑座位，我們選擇坐在靠近五公尺高的觀景窗附近。窗戶的那一頭看得見藝術劇場的巨大玻璃屋頂，上面散亂地棲息著許多看起來相當怕冷的鴿子，就像畫在巨大樂譜上的無數休止符。

最先推開玻璃門走入店裡的是眼睛整個腫起來的翔太，接著是重行與浩一郎。重行一直負責壓住門，直到全部的人進來為止。

丸岡長得滿高的，應該有將近一九〇公分吧。那條磨出大洞的牛仔褲，似乎不是設計師品牌經過加工的破舊感，而是真的破洞。露出胸膛的襯衫是軍服那種綠褐色，上面有多到數不清的口袋。最讓人印象深刻的是他的身體線條。要素描這傢伙很容易，只要畫一根火柴棒，再加上四肢就完成了。他的臉頰、眼睛與下顎都凹陷下去，像是被人挖空了，很沒精神。

翔太對我使個眼神當作問候，接著開始介紹。

「這位是丸岡先生，我們學校的學長。」

丸岡的表情完全沒變，在包覆黑色皮革的不鏽鋼椅坐下。三人組聚集在隔壁桌，也坐了下來。丸岡向女服務生點了熱咖啡。

沒有任何人開口說話，大家都等著丸岡先開口。我也一直觀察他——想要好好把事情講清楚，還是多收集一些瘋狗的情報比較好。

咖啡一送來，丸岡就拿了砂糖罐，打開蓋子，將細砂糖加進咖啡。一匙、兩匙，到這裡都還算正常；不過他的手卻沒有停下來，五匙、六匙。他是不是在向我展示些什麼呢？但他似乎很認真地看著自己的手，不斷把砂糖從糖罐搬到咖啡杯裡。

一共加滿十匙，丸岡也不攪拌，便立刻喝了一口。由於加了過多砂糖，咖啡都滿到杯緣了。只見他閉著眼睛，似乎正慢慢品嘗著味道。想了一下，他又加了兩匙細砂糖。這次他終於一臉滿意地喝了。加了太多砂糖的黏膩熱咖啡，一口氣就被他喝掉半杯。

看著這一幕，小稔開始發抖。說真的，我當時也努力不讓自己吐出來。對小稔這種理性的人來說，丸岡那種異於常人的瘋狂會讓他格外害怕。如果要比誰看過的怪胎比較多，人生經驗比小稔豐富的我自然比較有利。

雖然丸岡的舉動看了實在很難讓人有太好的感受，但我總算可以理解，為什麼多數三原學院的人會稱他為「瘋狗」了。

◈

「所以，你就是小野田稔嗎？這一位，是G少年的偵探真島誠吧？」

就像是骷髏在跟我講話。假如骷髏會說話，聲音或許就像他一樣又高又乾吧。

「你的工作我會幫忙罩著。這三個人是我的手下，我會要他們幫你的忙。賺到的錢就分我六成；剩下的四成，你一半，他們三人一半。」

丸岡講完之後，就像工作告一段落，身體往後靠在椅背上。他喝光黏膩的咖啡，開始在胸前口袋摸索。那就像個魔法口袋，可以挖出無數的藥錠。他將餐巾紙在桌上攤開，堆起一座藥錠小山。粗略估計，應該有三、四十顆吧。各種顏色與形狀的藥堆成了一座小山，足夠裝滿一個藥瓶；也可以像運動會那樣，玩推倒彩色柱子的比賽❻。丸岡把所有藥錠分成三次放在手心，一口氣吞了下去。他自己的水還不夠配藥吃，連翔太的冰水都喝掉了。

由丸岡一人擔綱演出的瘋人秀。他滿意地點點頭說：

「你們那邊應該也有各種不同的考量吧，下次再給我回覆就好。但可別讓我失望啊，我這人最討厭失望，到時候我可是控制不了自己，會變得不知道自己是誰唷！」

大量嗑藥之後講話變得不清不楚的瘋狗，像是在作夢般說道。對於在夢境中登場的人物，再怎麼施以暴力攻擊，自己也完全不會有感覺吧。

再怎麼說，那兒都是個毫無痛覺的國度。

丸岡失神地盯著空無一物的上方。現場空氣凝結，沒有人動，也沒有人說話。不久瘋狗突然站了起來，本來以為他要去廁所，誰知他卻推開玻璃門跑掉了。

我小聲對翔太說：

「那傢伙還好吧？」

翔太壓著左眼周圍的瘀傷，搖搖頭。我問翔太：

「他每次都那個樣子嗎？跑哪兒去了呢？」

「這個我可不知道，誠哥。丸岡完全讓人摸不著頭緒，他可能就這樣回家，也可能一小時後又跑回這家店來。沒人知道他會做什麼。有時候他會突然揍你。」

翔太身旁另外兩名三人組成員全身發抖。重行說：

「我不玩了，錢我也不要了，我想退出這件事。誠哥，拜託你想想辦法擺平丸岡吧！」

事情變得棘手起來，現在連一開始的脅迫者都求我幫忙了。不過這三個呆子身上應該沒什麼錢吧。接下來該怎麼辦呢？

「我知道了。小稔的請求我也還沒完成，我會想辦法的。」

---

❻ 一種運動會中的對抗賽，分成兩組，先推倒對方陣地所豎立的大柱子就獲勝。

我留了三人的手機號碼。我的手機記憶卡有百分之九十五就這樣被男生的號碼占滿，難道我真的無法改變這種生存方式嗎？明年我一定要擺脫這樣的事。

接下來我們又等了丸岡三十分鐘，不過他沒有回來。請收銀機旁的女服務生幫忙轉告丸岡我們先走後，我們就離開了。女服務生詫異地目送我們離去。

說到詫異，我們一樣也有這種感覺啊。

當晚我們五個人一起去吃拉麵，是西口的「好料全加」豪華光麵。和他們深談之後，我發現三人組沒有想像中那麼壞。雖然他們有他們任性且沒擔當的部分，但全日本所有的高中生或多或少都是如此——就算沒什麼不滿，也想發發脾氣；就算沒受什麼傷，也要假裝受傷。

我在西一番街的水果行前和大家道別。老媽一看到我，什麼話也沒說就上二樓去了。她大概是想看晚上七點那個談保健的綜藝節目吧，像是如何使血液清澈、回復皮膚彈性之類的，內容總是千篇一律，重組後換個頻道再播。我這個人超健康的，根本不想看這種節目。

我看著白熱燈泡照耀下的蘋果與橘子，賣相還不差。冬天還是別開日光燈，用早年那種燈泡較合適，看起來比較不會那麼冷。我繼續在CD音響播放《魔笛》，三名少年合唱著：

「要沉穩，要忍耐，要睿智，要像個男人克服困難！」

莫札特《魔笛》歌劇裡的這些少年，可是比三原學院高中部的三人組要睿智多了。即使面對莫名其妙的瘋狗，只要沉穩、忍耐、睿智地採取行動即可。再怎麼凶狠的瘋狗，一定也有牠的弱點才是。

聽完《魔笛》後，我仍然沒有想出什麼好方法。應該找個人問問。我打開手機，撥給池袋小鬼們的國王。沒多久，電話轉到他手上，手機那端的氣壓似乎驟降，讓人覺得寒流要來了。

「什麼事？」

國王的心情似乎不怎麼好。我放棄開玩笑，直接切入正題。

「崇仔，你知道一個叫丸岡的傢伙嗎？幾年前被三原學院退學的那個。」

崇仔的聲音聽起來冷冷的，似乎對這種傢伙早已司空見慣。這也難怪，在池袋一帶，小鬼們的小爭吵經常會牽扯到崇仔身上。他不只有絕對的權力，也身兼小鬼們的仲裁者。

「我聽過。瘋狗嘛。那傢伙是個還沒殺人的殺人犯、還沒放火的縱火犯。我認為他遲早會殺人或放火，搞不好還會殺人放火一起來。」

丸岡這傢伙似乎早在我不知情的狀況下，成為別人通緝的對象了。

「那傢伙有沒有什麼弱點？」

「不知道。上上策應該是別靠近他咬得到你的範圍。」

心情整個變差。我小小聲向國王說：

「如果只想讓他輕輕咬一口，該怎麼做好呢？」

崇仔在電話那頭低聲笑著。

「阿誠對上了瘋狗是嗎？真是有趣的組合。那麼就讓我看看你會用什麼招式對付他吧。不過最後如果你拿他沒辦法的話，我還是可以出手幫你。」

崇仔這番話讓我超不爽。我和崇仔本來不就應該互相幫忙嗎?既然他這麼說，這次我決定不借用G少年的力量了。

「算了，我自己想辦法。」

我切掉手機，想起剛才歌劇中的歌詞：要沉穩，要忍耐，要睿智。即便如此，到底要怎樣才能在那傢伙的脖子上掛鈴鐺呢?想得再久，腦子裡似乎也擠不出好點子來。點子到底出不出得來，我可是很有自覺的。

我順手選了下一個號碼。來自關東贊和會羽澤組系冰高組的救星，前受虐少年猴子。猴子在他們的世界裡已經擔任中間管理職了。

「是我，阿誠。」

「幹嘛，找我喝酒啊?」

猴子不找黑道的同事玩樂，反而常和正直的我玩在一起。他的心情我也不是無法體會，不過最近好像比較少和他去喝一杯。

「不是。你聽過一個叫丸岡的傢伙嗎?」

「又有麻煩啦?阿誠好像吸塵器耶，會把什麼東西全都吸過來。丸岡這傢伙以前好像曾經加入京極會的四級團體之類的組織。」

「然後呢?」

「後來就退出了。雖然裡頭都是離經叛道的傢伙，卻還是有一些非遵守不可的規則。他連那些規則都遵守不了。」

我想起瘋狗那雙作夢般的眼睛。連黑道的基本規則都不看在眼裡。對他來說，自己與別人的命恐怕都一樣輕吧。我希望能在不殺他、不傷他的狀況下，把他逐出池袋。我想也不想便問：

「喂，猴子，你知不知道哪裡找得到池袋最凶殘的傢伙？」

難以置信的猴子在電話那頭嗤之以鼻地說：

「你是在和誰講電話啊？最凶殘的當然全都在我們這裡啊！」

「唔……果然是這樣。」

就在那一瞬間，我的腦海如閃電般掠過一個好點子。

「既然是瘋狗，把牠趕到專門關瘋狗的籠子裡就行了。」

「阿誠，你在講什麼呀？」

我和猴子說稍後再打給他，就切掉了電話。

我打給剛剛才道別的翔太。他似乎還沒回到家，聽得見在他那蠢蠢的聲音之後有街上的聲音，應該是某個車站前的吵雜聲響。他以滿是塵埃的聲音說：

「幹嘛？」

「嘿，是我誠哥。」

小鬼就是這樣，對象不同，就會突然改變說話的口氣。

「啊啊，是誠哥，不好意思。」

「丸岡那傢伙，喝酒嗎？」

「再多他都喝哩。因為他會配藥喝，所以很快就會整個人飄飄然。」

真是令人振奮的好消息。

「那麼，他好色嗎？」

想像得出翔太臉上露出某種曖昧的微笑。

「沒有男人不好色吧？」

我並不討厭這種單純的男人。

「你偶爾會和丸岡去喝酒對吧？」

「嗯，是沒錯啦，但問這種事要做什麼？」

我心中勾勒的那幅畫，已經差不多要完工了。

「我再打給你。」

接下來該怎麼辦呢？製造一個裝了好吃誘餌的陷阱，騙瘋狗上鉤吧。

要沉穩，要忍耐，要睿智。

兩天後，我打給丸岡。時間已經過中午了，他卻一副剛睡醒的聲音，真是個好吃懶做的傢伙。我可是一早就跑到果菜市場進貨，開了店門、吃過午飯了，而這種男人竟然大言不慚要小稔把六成利潤交給他。我假裝很害怕地說：

「後來我聽到很多關於丸岡先生的事蹟。我看這件事就照你之前講的那樣吧。小稔還是小學生無法參加，不過我想設個宴款待你一回。」

他以口水直流的聲音回答：

「我知道了。那今晚如何？」

真乾脆的瘋狗。我以謙遜的口吻說：

「也找翔太他們一起來吧，我已經訂好五人的座位了，就在西口那家黑輪很好吃的居酒屋。」

「切，吃什麼黑輪啊？真失望。」

那家店真的很好吃嘛。雖然我心中暗自不爽，還是隨口說：

「那裡還有其他好吃的菜唷。丸岡先生如果不介意的話，用完餐後我可以再帶你找女人喝酒去。」

總覺得自己活像是個強迫推銷貨品給別人的惡質業務員。肥羊難道真的這麼好騙嗎？丸岡以沒睡飽的聲音說：

「那就別管小稔那小鬼了，就我們幾個把合作談妥吧。翔太他們不夠機靈，不像你這麼明事理，一些細節又安排得這麼好，我看就讓你當我們團隊的第二把交椅吧！明天開始，那三個小鬼就隨便你使喚。」

想要在叢林裡生存，光靠凶殘是不夠的。丸岡和猴子、崇仔不同，他的身上完全沒有在街頭討生活的智慧。我向令人感到悲哀的瘋狗說：

「那就今晚八點約在丸井百貨前面吧。喝它個不醉不歸。」

丸岡的口氣又變得像是正在作夢。

「那我得多弄點藥來下酒了。」

要嗑多少藥來配酒都無所謂，反正這是那傢伙最後一次可以在池袋這麼做了。

西口五岔路的轉角處有棟丸井百貨，正面牆壁上裝飾著一棵好大的電子聖誕樹，一直延伸到屋頂附近。十二月的夜晚，穿著入時的情侶們手挽著手走在洋溢〈白色聖誕節〉歌聲的街上。到了年底大家都過得這麼精彩，為什麼唯獨我要等一隻連流氓都當不成的瘋狗，以及三個在名校吊車尾的半不良少年呢？我上輩子一定做了什麼天理難容的壞事，才會這樣吧。

我才剛靠在白色石柱上，他們幾個就從西口公園的方向走過來了。我輕輕點了頭問候：

「哈囉。多謝今晚賞光。」

丸岡已經當自己是我大哥了。

「唔。」

他上半身什麼都沒穿，只套了一件騎士風的黑色皮夾克，看起來很像馬龍・白蘭度（Marlon Brando）得了厭食症一樣。翔太完全不看我的眼睛。我帶頭穿越斑馬線，進入池袋三丁目的酒店街。這附近的色情業、酒店與賓館各占三分之一，感情融洽地瓜分這條街。沿路有幾個穿著黑色怪異服裝的中國女孩站在角落，出聲叫住路過的男人。

「要不要唱卡啦ＯＫ？」

一個十多歲的黑衣女子，曬黑的胸口整個敞開，將折價券直接遞到我們眼前。

「我們已經選好地方了，抱歉哪。」

這條路不寬，使得上方的夜空顯得更窄。出入複雜的酒店大樓外牆上，顏色鮮豔的看板朝空中穿去。我拉開如舊時民宅般穩實的居酒屋大門。

「就是這一家。來，丸岡先生，請。」

我欠欠身，請丸岡進去，然後對跟在後面的三個人眨眨眼。我特別找的這家居酒屋，菜單上的每道菜都很好吃。我一面暗自期盼丸岡不要太早開始抓狂，一面跟著大家踏上通往二樓的老舊樓梯。

我們吃了生魚片拼盤（寒鰤與干貝）、厚切鹽燒牛舌（加了很多生蔥）、烤牡蠣（有醬酒燒焦的氣味）、黑輪（煮得很爛的蕃茄與店家特製的牛蒡捲），每一道菜確實味道絕佳。喝過啤酒後，我們又喝起純米吟釀。

丸岡從一開始就很high。吃完生魚片後他嗑了藥，接著又喝酒。他明明這麼瘦，為什麼可以吃下這麼多東西？原本一副拘謹模樣的翔太等人，後來也都漸漸放鬆了下來，開始講起丸岡在三原學院時的英勇事蹟。

丸岡在高一那年的四月把三年級的帶頭老大打到進醫院，後來就突然不讀了。不過三原學院可沒有崇仔或山井這種世界冠軍級的角色，所以我並不覺得丸岡有厲害到哪裡去。

我也吃了不少好料，反正不是我出錢嘛，一切開銷當然都由小稔支付。仔細想想，三個高中生外加兩個大人竟然讓小學生請客，真是超怪的。

為了接下來要進行的工作，我盡量不喝酒。不過就算沒喝醉，我還是滿開心的。因為，這個池袋的棘手人物已經落入我的陷阱裡了。真是一件有助於美化池袋街頭的好工作。

我一面微笑看著丸岡，一面仔細評估對方現在醉得如何。

⚜

離開居酒屋時已經過了十一點。丸岡不知為何熱了起來，差點把騎士風皮夾克給脫了，我好說歹說總算阻止了他。我和裸男一起光顧居酒屋的消息一旦傳出去，以後我可不敢再來了。結完帳一走出店外，就有兩個拉客女跑來丸岡身邊。

其中一個穿著開叉開到側腹的紅色旗袍，是個瘦歸瘦、腿卻很美的女人。另一個拉客女穿著黑色的拉鍊式連身服，下半身的部分短到不能再短，拉鍊從衣服最上方貫穿到最下方。她把拉鍊拉到那雙看起來假假的乳房頂點，乳溝深到彷彿足以蓋座鐵塔。

她們一邊發送折價券，一邊扭著身體要丸岡去她們店裡玩。真是一幅美妙的景象。已經醉得有點飄飄然的丸岡鼻孔撐大，穿旗袍的女人上下撫弄著丸岡赤裸的胸膛。

「哎～呀，這位大哥看起來很熱情哩～」

丸岡對著剛掀起店家門簾走出來的我說：

「阿誠，我們去她們店裡玩吧。兩位小姐應該也會一起來吧？要是安排什麼奇怪的老太婆給我，我可是會砸店的唷。」

黑色拉鍊服的女人晃了一下自己的胸部。

「好可怕～但是也好狂野唷～」

我喝醉時和女人講話，是不是也會變得和丸岡一樣？站在西口的特種營業區，我深切地反省一番。

兩個女人帶我們去的俱樂部，位於一家已經打烊的柏青哥店二樓，內部的裝潢全是黑色。擦手毛巾或許是受到店裡裝的黑光燈照射，發出螢光藍的顏色。客人只有我們這一組。

剛才那兩個拉客女拿出我沒見過的威士忌，幫我們倒好攙水威士忌。旗袍女說：

「請享用，然後要請每個人各點一道下酒菜。」

習慣於室內的昏暗後，可以發現沙發有點失去彈性，也看得見地毯上沾有許多污漬。我一面細啜攙水威士忌，一面估算時機。丸岡現在似乎正在興頭上，他坐在半圓形沙發的正中央，旗袍女與黑拉鍊女隨侍在側。他一手放在旗袍女的腿上，另一手搭在黑拉鍊女的肩上。

高中生三人組似乎很少來這種店，一開始東瞄西瞄的，視線最後才停在旗袍女的大腿與黑拉鍊女的胸口。這兩個拉客女很清楚自己的賣點在哪裡。

大約過了三十分鐘，我的手機響了，耳邊響起猴子的聲音。

「怎麼樣，小丸他中計了嗎？」

我用手掩住通話孔，對丸岡說：

「不好意思，我要出去講個電話。我怕可能會講很久，先把錢放在這兒。」

我從皮包裡拿出幾張萬圓大鈔，放在桌緣。走出店門時，胸膛厚到不行的服務生兼保鑣向我點點頭，我也輕輕回點了一下。如果丸岡是猛獸，這家店的服務生可就是馴獸師了。而且只要我一通電話，就會有無數馴獸師從夜街上湧入。

一踏出低矮的樓梯，猴子已經帶著幾個年輕手下在路上等我了。他穿的是裁工精細的深色西裝，雖然尺寸還是國中生版的。

「你真的特別會想這種壞點子呢。竟然想得到把人帶到我們旗下的坑錢酒店，真有你的。」

我也輕輕向猴子點了個頭。

「猴子，真謝謝你。今晚要麻煩你們好好壓榨他一番了。」

猴子冷笑著說：

「你不知道我們這家店有多厲害，和樓下的柏青哥店一樣坑錢不手軟。兩家店都是只要你一坐下，就會把你的提款卡弄到空喔。付不出來的話，就追殺你到天涯海角。有點像是桃色的無間地獄吧。」

我家在西一番街開水果行，也會送水果到幾家這種坑錢的酒店去。要想在一個晚上之內讓人負債多到無法在這條街再待下去，唯有靠賭博或坑錢了。所以我才會找冰高組幫忙。

此刻丸岡應該正心情大好地摸著女人的胸部吧。高中生三人組應該會嚇個半死，不過日後不會再派人去追殺他們。事前已要他們別帶錢，所以應該不會發生身上現金被店家洗劫一空的情形。猴子抬頭看著坑錢酒店的暗色窗戶說：

「我們另外找一家可以坐下來好好喝杯馬丁尼的店吧。」

猴子示意手下可以離去後，幾個年輕人就像一陣煙消失在夜街上。我和國中同學一起往西口公園走去。最近有個前拳擊手在丸井百貨再過去那裡開了一間時髦酒吧。

當然，那裡既不會有美腿女，也沒有波霸女。

以下是幾天後從猴子那兒聽來的故事。

據說等丸岡醉得差不多，店家要他付帳，他便氣得抓起狂來。店裡被他砸得亂七八糟，但砸壞的東西當然也向他要求數倍於此的賠償。想當然爾，他絕對付不起，所以等他銀行戶頭被提領一空後，他就不知去向了。雖然有「瘋狗」的稱號，但他也只是單槍匹馬而已。有個龐大組織每天派人向他討債，讓他無法消受。翔太還曾經笑著說，後來丸岡的用藥量多了一倍。

差不多就在快要忘記丸岡長相的某一天，我的手機突然響了。

我在店門口像堆積木一樣把愛媛柑橘排在盤子上，此時耳邊傳來丸岡的聲音。

「喂，快把寄放在你和小鬼那邊的錢交出來。」

這傢伙明明被人追到無處可逃，講話竟然還敢這麼大聲，真是隻陰魂不散的瘋狗。如果是我，一定不會再打這筆錢的主意，等到風頭過了之後，才會再回到池袋來。

「我該怎麼做？」

「池袋大橋的橋墩你知道吧。把所有錢帶過來，明天傍晚五點。」

「知道了。」

真是死纏不放的傢伙，自己連一根手指頭都沒動，就想把小稔的錢變成自己的。就在我深深嘆氣時，老媽說：

「表情幹嘛這麼憂鬱啊。別在店裡嘆氣啦！」

說得有道理，做生意就是要開朗、靈活、踏實。我硬裝出笑臉，打給羽澤組的救星。

隔天不巧是個陰天。看著快要下雨的隆冬天空，總是讓人覺得陰鬱。我和猴子以及他的兩個年輕手下，四個人站在穿過JR軌道的陸橋下。我雙手被反綁，銬著從附近SM用品店買來的玩具手銬。猴子露出輕鬆的笑臉說：

「第一次知道你有這種癖好。」

一個肌肉發達的麻煩終結者竟然有這種癖好，面子真的都丟光了。

「你囉唆什麼啊。時間還沒到嗎？」

穿著深色西裝的猴子看了一眼瑞士製金錶，那是相當於我半年薪水的高級品。

「還有五分鐘。」

猴子才剛回答，就聽到有人走下陸橋的腳步聲了，我和猴子立刻進入演技模式。丸岡瘦削的臉頰探出樓梯扶手。我向他大叫：

「丸岡先生，救命啊！」

我擺動上半身死命掙扎，但站我後面的兩個手下馬上把手銬往上提。這可不是開玩笑的，手銬的金屬部分整個陷進我手腕的肉裡。

「閉嘴！」

猴子才剛講完，就在毫無準備動作下，直接給了我犀利的一拳。我的左臉頰像是熱水倒在上面，整個熱了起來。最後我又給了丸岡決定性的一喊：

「丸岡先生，拜託你想辦法擺平這些傢伙！」

這個昏頭的嗑藥垃圾，現在總算明白事態有多嚴重了。只見他的頭從扶手一縮，全力往樓梯上方逃竄。猴子小聲吩咐手下：

「暫時認真追趕他一陣子，但可別真的追到他啊。」

兩個小鬼像追捕瘋狗的獵犬一樣往前衝了出去，我很不爽地對猴子說：

「手銬的鑰匙趕快拿來。」

猴子狂笑到不行。

「我國中時就認識阿誠了，這倒是第一次揍你，而且還是受你之託痛毆你，更讓我忍不住想笑。」

雖然我心中暗幹到不行，還是盡可能不表現出來。

「沒辦法啊，如果不讓丸岡以為你們也在追殺我，他不會善罷干休的。」

猴子放鬆下來的表情沒有任何變化。

「好啦，那這樣吧，我們去之前你帶瘋狗去的那家黑輪店，我請客，幫你轉換一下心情。」

我解開手銬，把它吊在JR的柵欄上，和猴子一起往西口的酒店街走去。回頭一看，吊在綠色鐵絲網上的銀色手銬，就像被遺忘的約定一樣懸在半空中。

❦

幾天後，高中生三人組跑到我家水果行，希望我能代替丸岡當他們的老大。我當然回絕了，我可是堅持不收徒弟或小弟。後來我把他們介紹給G少年，他們便成了少數就讀名校的街頭幫派成員。

還有那個身為優秀生意人、卻仍就讀三原學院小學部五年級的小稔，他的部分有點長，就先讓場景淡出一下吧。

❦

在丸岡確實從池袋街頭消失之後幾天，我和小稔約在西口公園。我們坐在有溫暖陽光照射的鐵管椅上聊天。只穿著短褲的小稔似乎覺得椅子有點冷，所以把手壓在大腿下方。

「解決得這麼精彩，真是謝謝誠哥。我真的好怕那個人。」

一想到那傢伙嗑成藥又嗑細砂糖，我也不寒而慄。

「嗯，他是個怪胎。」

天色漸漸暗了下來。橘色的光從雲縫間穿射而出，輕巧地滑過每棟建築的角落。小稔以認真的語氣說：

「不過，之所以會招惹到那種人，我想還是起因於我的所做所為。」

「沒錯。」

我回答，除此之外還能說什麼呢？小稔只是個販賣偷拍光碟的小學五年級生。此時我總算可以繼續上次那個沒問完的問題了。

「十五萬圓，有什麼特別的意義嗎？」

無論是支付給我的報酬或三人組的封口費，都是這個數字。小稔開門見山地說：

「我家每個月的房貸就是十五萬圓。我爸服務的公司曾經破產，後來才又重建。雖然他總算保住這份工作，但薪水只有先前的一半。為此我媽一直很不開心，常常說『手頭很緊、十五萬圓付不出來』之類的話。」

我看著眼鏡矮冬瓜的側臉。他淺淺一笑說：

「所以我才想要自己賺錢幫家裡的忙。但爸媽不肯花我的錢，他們說以後我自己用得到，要我先好好存起來。」

我看著冬天的圓形廣場，有瘦弱的鴿子、遊民，以及女高中生。每個在廣場上的生物理應是平等的，為什麼唯獨女高中生可以拿來做生意呢？真是不可思議。

「但你販賣偷拍光碟，不是會有宅急便的人來取件，或是有郵政匯票之類的東西寄來嗎？你是怎麼保密不讓爸媽發現的？」

小稔從黑色書包裡拿出一張光碟，白色標籤上印著「戀愛模擬攻略法（１）」的字樣。

「我很愛打電動，所以我跟爸媽說，這是我整理的電玩攻略密技。我告訴他們，因為這是瞞著電玩業者私下做的，所以必須保密。」

原來如此，好一個優秀的十歲小孩，遠比我熟知社會上的一些事，搞不好可能成為未來的比爾．蓋茲呢。

「不過，要賺錢還有別的方法。今天回家，我打算一五一十向爸媽招供。誠哥，我可以再拜託你最後一件事嗎？」

我點點頭。趁這小鬼還年輕，我可要多賣點人情給他，這樣我老了之後就可以安享晚年了。

「好啊，沒問題。」

「我現在要回家了，你可以陪我回去嗎？如果我自己回去，可能中途又會反悔，可能又會失去講出真相的勇氣也說不定。誠哥可以不用進我家沒關係，只要一直從外面看著我就行了。」

說到這裡，之前丸岡也不過是坐在他家門外的欄杆上，就讓小稔嚇得半死了；我擁有的似乎是完全相反的力量，只要在遠方守候著他，就能讓他產生勇氣。這就是所謂的「人品佳」吧。要沉穩，要忍耐，要睿智。只要能這麼做，哪天你也能和我一樣。

小稔家位於雜司谷鬼子母神社前的某住宅區一隅，四周有很多綠樹與寺廟，相當安靜。在劃分得相當整齊的住宅用地上，彷彿複製品般緊密排列著看不出有何不同的白色住宅。每一戶都沐浴著冬天的夕陽，呈現朦朧的橘色。

「那我進去了。等我全部講出來後，會跑到二樓的窗邊向你揮手。」

我凝視著小稔拉緊雙肩書包的背帶，像奔赴沙場般回到白色家裡的背影。小兄弟，我看到你充滿勇氣的一面。

我在狹窄雙線道另一邊的欄杆坐下，目不轉睛看著顏色漸深的夕陽。大約二十五分鐘左右，橘色的住家就像燒起來般瞬間變得通紅。我在外頭一直等著，但是等得並不辛苦；冬天的風吹來，我也不覺得冷。在天空殘留一點餘光、家家戶戶的屋頂都暗了下來的時候，白色的小稔家二樓的燈亮了。

窗簾拉開，小稔用力向我揮手，以一副笑中帶淚的表情看著我。我微笑著從欄杆上站了起來，準備回池袋和老媽換班顧店。回去的途中，我在掛著夕陽的天空中發現小小的一顆星，一路上我始終以眼角注視著它。

在聖誕節之前帶著這樣的心情獨自走在街上，倒也不壞。

池袋ウエストゲートパーク

與野獸重逢

走在街上如果碰到野獸，你會怎麼做？

那頭野獸露出一副事不關己的表情，走在春天的街道上。確實就是當時那個男人。但他看起來並不像記憶中那麼凶殘，只是個隨處可見的年輕小鬼。

他穿著大兩號的牛仔褲與運動夾克，是B-boy❶那種裝扮，吹著不冷也不熱的風，一個人獨自走著。春天是最適合散步的季節，連運動鞋的膠底也開心地彈跳著。即使是池袋這麼髒亂的街道，也到處看得到染井吉野櫻親切地灑著花瓣。離開牢籠、總算獲得自由的他，眼神裡都是滿足，卻完全看不見你。有句諺語說：「人不會記得自己踩過別人的腳，但是會記得別人踩過自己的腳。」恰好可以形容這個狀況。

你的心中湧起復仇的怒氣，也想起當時的苦痛與恐懼。你緊握拳頭，腎上腺素大量分泌，多到足以拿去賣給需要補充腎上腺素的人。如果你突然揮拳揍人，或是等他走過去後再攻擊他的後腦，野獸會露出什麼樣的表情呢？他會不會毫無抵抗、立刻倒地，讓你痛毆一頓？或者他會變回當時那頭野獸，對你張牙舞爪呢？

但由於你是一介善良市民，不能做出這麼不理智的事。你只能裝作不認識他，直接走過去。再怎麼說那傢伙已經贖了罪，回到這個世界來了。就在你住慣的這個地方，未來必須一直與野獸共同生活。以後還會再碰到那傢伙幾次吧。即便如此，還是必須忍耐，這才是身為市民的正確生存之道。你應該會任怒氣沉入心底，回復平常的生活吧。

---

❶breakdance boy：最初是指跳霹靂舞的舞者，而後衍伸至熱中於嘻哈文化的愛好者。

然而如果有個愛你的人，悄悄計畫幫你復仇，你會怎麼做？說什麼也不能原諒野獸。光是那種程度的處罰，仍不足以彌補他犯下的錯。有必要施以最嚴厲的懲罰，要棒打鞭抽。反正他根本不能算是人類，只是一頭奪走你重要東西的野獸罷了。

我們這個世界，始終在衡量罪與罰之間是否平衡。對於任何犯罪行為及相對應的刑罰，一定會有人說很公平，也會有人說判太輕。事實上，想要判斷處罰的輕重程度，除了訴諸法律外，就沒有其他標準了。

這次要講的是在池袋的時髦咖啡店私設法庭的故事。不瞞各位，法官就是我本人，雖然我是個從未制裁過任何人的菜鳥法官，但是請各位不要苛責，因為《刑法》什麼的我可是連一頁也沒讀過。

這則故事的主軸是，一旦被害人與加害人必須在同一條街上共同生活時，我們到底能做些什麼？這種狀況未來會愈來愈常見，想逃也逃不了。或許會有人認為我的做法太天真吧？沒關係，就來賭賭看，如果你站在同樣的立場，十之八九也會採取跟我一樣的做法。因為，我親眼看見了——被害人與加害人握手言和的場面。我看到了他們相視而笑的珍貴畫面。

然後，你抱緊野獸。

因為野獸不僅僅是野獸，他也是人。

之前沒發現這個事實，因為我們自己也還是動物。

漫長的冬季終於結束了。

光是為了這件事，我就很想在西一番街遍布污漬的彩色地磚上跪下，向全世界獻上我的謝辭——地球啊，謝謝你為我公轉。我真的很討厭寒冷與黑暗。春天的風吹起來很舒服，像是皮膚細緻的女人上臂內側的那種滑溜柔潤的觸感。春風迎面而來，不只輕撫我指尖，也輕撫我全身。

對我來說，春天最期盼的就是在夜裡散步，在風情萬種的春風裡來趟漫無目的的散步。在平淡無奇的住宅區一角轉彎，細瘦的櫻樹突然映入眼簾，粗細和小孩子手腕一樣的樹枝努力伸展，讓白色的花在夜空展現。我當然不會停下來賞花，而是維持原本的步行速度，將一瞬之美收入心底。相遇而後別離，然後再相遇。無論與人或與花相遇，在某種速度下相互接觸，絕對比停留在某處接觸要好。

春天的池袋步調緩慢，就像某個鄉下城市。池袋有極其先進的都會部分，同時也有散發著土味與草味的鄉間部分，一到春天，鄉村派就變得較為突出。對於像我這種住在都市的土著居民而言，這類存於東京之內的鄉間倒是滿不錯的。如果東京只有「代官山Address」或「六本木Hills」，實在很難讓人放鬆下來。最近我在代官山散過步，那裡完全找不到咖哩店或拉麵店，使我大受打擊。住在那兒的人，到底是吃什麼過日子的呢？

專欄截稿後，我在水果行顧店。我的腦袋和身體都提不起勁，也不想聽新的音樂，便直接拿店裡的CD音響播放春天必聽的樂曲。每年這個時候，我都會播放貝多芬第四號交響曲當BGM。

在貝多芬的九大交響曲中，第四號交響曲雖然不是最偉大的一首，卻是最惹人憐愛的，同時也是我最喜歡的一首曲子。一聽到第一樂章的慢板，我總是想起春天波浪平緩的海面。

我在店頭排放包裝好的草莓，品種有豐香、章姬、女峰、愛Berry。每年的品種愈來愈多，連號稱半專家的我，也已經無法全部記住了。順帶一提，到三月左右的低溫期之前，草莓都是酸味較少、甜味較多，是最好吃的季節。各位家裡有小孩的朋友們，請務必來真島水果行買一包草莓回家；在酒店玩到半夜的朋友們，也不妨買來當作贖罪的禮物。

我在平台前蹲下，正在堆小紙箱的時候，視線突然瞄到一雙白靴子。它的設計很可愛，腳踝處有同樣顏色的皮質蝴蝶結。我好歹是個男人，所以視線很自然就從膝蓋往上看向大腿。腿雖然有點粗，但是百分之百在我可以接受的範圍內。蘇格蘭格紋的迷你裙走的是女學生風。白色薄大衣之下，搭了一件閃閃發亮的薄荷綠開襟毛衣。在我看來，今年春天做這樣的搭配，在滿分一百分的情況下可以拿到一百二十分了。不過這女的雖然只有二十歲左右，表情卻格外嚴肅、認真。她用冷到不能再冷的聲音說：

「你是真島誠先生嘛？」

我手裡拿著章姬草莓，向她點頭。她從粉紅色的側背背包拿出手機，金屬吊飾發出喀啷的聲音。

她打開液晶畫面，推到我面前。是一張露齒而笑的小鬼照片。

「請你打斷這個人的腳。」

我不懂她的意思，整個腦海裡仍充斥著春天的氣息。

「左腳或右腳都可以，我希望他一輩子都非得拿拐杖走路不可。」

◈

我放下草莓，站了起來。這女的比我想像中嬌小，可能因為剛才是蹲著看她吧。

「我是真島誠沒錯，但妳到底聽過什麼關於我的八卦？」

白靴女啪的一聲蓋上手機。

「擁有來自幫派的夥伴，會幫忙懲奸除惡，是個人強頭腦好、池袋首屈一指的麻煩終結者。」

「這樣的形容，妳可以再講一次給我聽嗎？」

這女的露出「不許開玩笑」的表情，我只好講點別的。

「妳和那男的是什麼關係？」

女子眼中的憎恨冷冷地燃燒起來。她眼睛一瞇，瞪著站在對面的我。

「這傢伙是野獸，只為了區區三千圓，就把我哥的腳打斷了。」

似乎不是那種由愛生恨的糾結戀愛。我這人基本上不幫忙調查外遇，也不受理這類桃色糾紛，因為

我光是自己的桃色問題就搞不定了。

「我知道了。我可以先和妳談一談。」

我對著樓梯上方大喊：

「老媽，幫忙看一下店！」

二樓傳來老媽如母獸般的吼聲。

「又來了，阿誠。你四點前可要滾回來啊！我有電視節目要看。」

韓流也吹到池袋西一番街來了。老媽迷上四點重播的一部韓劇，結合了車禍、失憶、不為人知的血緣關係，以及誇張的台詞，男演員只要一直看著鏡頭微笑。真教我心痛啊。我也想要多追求純愛，不要追什麼街頭事件了。這樣的話，我的專欄或許會多一些女性讀者呢。戴上金屬框眼鏡，披上有點帥的圍巾，既失去記憶，眼睛又失明，變成天上的北極星——這麼演或許也不賴。

「喂，難道妳不想要一顆指引妳的星星嗎？」

女子面無表情地轉頭看我，逕自往前走去。韓流的台詞不太適合套用在池袋這裡。

我對著白色大衣的背影說：

「對了，妳叫什麼名字？」

「葉山千裕。」

看來既非學生也非主婦，似乎也不是粉領族。

「妳在哪裡工作？」

「ISP裡的精品店。」

ISP（Ikebukuro Shopping Park）就是池袋購物公園，是與ＪＲ池袋站銜接的地下商店街。原來千裕在那裡當售貨員啊。她漸漸走離車站，往浪漫通的方向前進。

「妳要帶我去哪？」

千裕稍微回頭，露出可怕的表情說：

「我想讓阿誠也看看案發現場。」

這一帶的色情業、PUB與餐廳繁殖的速度相當快，白天還滿安靜的，一到晚上就會像夜光蟲一樣整個亮起來。千裕帶我穿過常盤通，繼續往前走。這裡差不多是商業區與住宅區的交界，小十字路口沒有紅綠燈，角落擺著自動販賣機。

「這裡就是那頭野獸襲擊我哥的地方。」

我看看周遭的環境，完全看不出曾經出過什麼案子的感覺。有小學生騎著自行車經過，也有主婦板著臉牽著哭鬧的孩子走過。這只是個在春天白色陽光照射下，住宅區隨處可見的十字路口。

「發生了什麼事？」

千裕露出迷濛的眼神說：

「是去年三月的事。我哥在西口一家叫做『Il Giardino』的義大利餐廳工作，那裡的義大利麵很好吃。過了晚上十一點，就在他下班回家的途中，剛才手機裡那頭野獸突然從身後襲擊他，用類似警棍的東西打他肩膀，他不支倒地後還一直猛力踹他。野獸不斷猛踢我哥的右膝，膝蓋粉碎性骨折。」

我無言以對。最近池袋街頭很不安穩，出現愈來愈多攔路搶劫的強盜。不過東京到處都有這種事就是了。

「後來那頭野獸從我哥的錢包搶走現金，就逃掉了。錢包裡只有三千圓而已，因為剛好是在發薪日之前。」

不冷不熱的春天夜晚，我試著想像這裡發生的事。昏暗的十字路口、突發的暴力事件。從野獸搶了錢到離開，只有短短三、四十秒的時間，當時千裕那個膝蓋粉碎性骨折的哥哥，應該完全不知道發生了什麼事吧。唯一確實感受到的，只有膝蓋骨的疼痛而已。我的聲音自然而然沙啞了起來：

「後來那頭野獸呢？」

千裕以一派無趣的口吻說：

「被關起來了。」

「有抓到人了，那不是很好嗎？」

千裕抬起原本低著的頭，凝視著我說：

「哪裡好？一聽到我哥大叫，附近的人全都圍過來把野獸壓倒在地，誰知道野獸竟然未成年，只在少年輔育院待了七個月而已，現在已經完全沒事回到街上來了。」

「這樣啊……」

千裕的聲音突然又高了起來：

「我哥現在不拄拐杖就沒辦法走路，那傢伙卻事不關己似地待在池袋。由於那次事件造成的傷害，我哥已經無法長時間站立，也因此無法繼續從事廚師的工作，向店裡辭職了。只為了區區三千圓，那頭野獸竟做出這種事來。」

路人大概以為我們是男女朋友在吵架吧，住在附近的老人家以一臉「吵死人了」的表情看著我們。我覺得很不可思議——一個人如果拿著手機站在路邊講話，根本沒有人會理他；但是如果兩個人站在路旁講話，人家就會覺得很奇怪。我們的社會是不是在哪裡彎錯方向了呢？還是說，即使你要講話的對象就在身邊也該打手機跟他說，才算是比較文明呢？

「我知道了。再多聽妳講一點吧，但是我們換個地方。」

我們步行前往位於西口的東武百貨，到二樓電扶梯旁邊的高野水果吧。同樣是賣水果的，但是等級和我家水果行完全不同。店裡的陳設都是塑膠，活像個技術高超的設計師所設計出來的冰箱，讓我覺得自己好像也變成了每個五千圓的高級水果。

千裕說她很喜歡喝這家店的新鮮香瓜汁，我也跟著她點來喝喝。香瓜的味道再加上一點點糖漿的甜味，確實很好喝，但我只要純香瓜味就很夠了。

「有件事我不明白。妳怎麼知道是誰幹的呢？一般來說，少年案件的審判應該是不公開的呀？」

「或許我不知道他是誰還比較好吧，比較不會這麼痛苦。雖然審判不公開，但別人的閒話可是擋不住的。那頭野獸是從我以前讀的高中畢業的，我問朋友是不是有人因強盜案件被捕、進了少年輔育院，然後再對照畢業紀念冊確認長相。」

在池袋當地高中畢業紀念冊一張張的笑臉之中，發現了野獸。她當時的心情是煩悶還是興奮呢？千裕似乎看穿我在想什麼，對我說：

「於是我決定復仇。我要為不得不捨棄夢想的哥哥復仇。」

我喝了一口甜甜的香瓜汁，濃稠的纖維黏在我的喉嚨。

「所以妳才來找我？」

「對，聽說你願意幫人做任何事。還有，只要是對的事，即使偏離法律你也會徹底辦好。而且……」

而且……又帥，對女生又溫柔？或者是，看來雖然笨笨的，實際上卻是知識分子？

「……費用不會太貴。」

果然是這樣。只能靠收費低廉當作賣點的麻煩終結者。乾脆在電視上播放「來找真島誠最便宜」的廣告算了。

「不過，還好妳來找我商量。」

千裕露出不解的神情。由於她是屬於兩頰比較鼓的狸貓臉型，所以現在這種表情比較可愛。

「最近到處都有那種只要肯出錢，就什麼都幫你做的傢伙。現在的社會，連小偷或暴力分子都能上網雇用。」

「這樣呀。」

千裕以一種「原來如此」的口氣說道。這種事，一般女孩子沒必要知道。如果可以不知道這種事，不知道有多幸福。

「但是如果妳去找那種人幫忙，會相當危險。妳委託的是違法工作，也因此與地下世界的人有了接觸，他們很可能會以此威脅妳支付額外費用，或是看妳既年輕又可愛，強迫妳到他們熟識的店裡賣身。」

千裕拉緊薄大衣的衣領，以狐疑的眼光看著我。

「喂喂喂，我可是沒問題的，安啦！」

她沒講話，只以眼神問我為什麼。女人的眼睛真是會說話啊。

「千裕妳已經知道我是誰啦。妳住在池袋，應該也聽過街頭對我的風評吧。我很喜歡這裡，所以不會做出那種讓我待不下去的壞事。」

千裕似乎總算安心了。我問：

「千裕的哥哥叫什麼名字？」

「葉山司。」

「那頭野獸的名字呢？」

「音川榮治。」

光聽名字，根本無法判別哪個是反派。我拿出記事本，把這兩個名字寫下來。

「那麼，告訴我與那傢伙有關的事吧。」

「他去年年底從長野縣的少年輔育院出來。目前似乎沒有正職也沒有打工，住在老家，成天無所事事。地址是……」

千裕講了一個池袋本町的住宅區地址，我寫了下來，然後抬頭問她：

「那妳家住那裡？」

這次她講的是池袋一丁目的地址，兩者只隔了一條川越街。被害人與加害人住得這麼近，這個世界可真是既無牢籠也無柵欄了，所有的野獸都已經放到外面來養了。

「剛才那張手機照片，妳是怎麼拍的？拍得也太清楚了吧……」

「很簡單啊。假日的時候我跑去跟蹤那個男的，然後在池袋車站前出聲叫他。我講了個校名，說我同學很喜歡音川先生，請他讓我拍張照回去給同學，還強調我同學很可愛。」

千裕打開手機讀出一串號碼。

「這就是那頭野獸的手機號碼。」

我把號碼抄了下來。就是這樣我才覺得女人很可怕呀。我在心裡暗自發誓，以後絕不輕易把電話號碼告訴女生。接著我和千裕也交換了手機號碼——我可要聲明一下，這是為了工作需要。我請她把榮治的照片轉寄給我，確認他的長相。

短而上翹的金色頭髮；淺黑色的臉，臉型給人的印象是稜角很多的岩石；眼睛很細，皮膚不好；破了的嘴唇滲出血來，蠢蠢地笑著。

野獸從外表是看不出來的。

我試著想像，這個男人在襲擊千裕的哥哥時，臉上帶著什麼表情。我投降了。每個人連自己都有無數個難以理解的表情了，還要去想像別人會有些什麼表情，真可謂難如登天。

這是我多年來處理街頭麻煩所體認到的事情之一。不過學到這些東西還是沒能讓我的技能等級提升就是了。

新鮮香瓜汁整個都變溫了，收銀台旁邊也有等著進來的客人。最後我問她：

「我說千裕，妳真的想要打斷這個叫榮治的男人的腳嗎？這麼做的話，妳就變得和那頭野獸一樣了喔。請妳想清楚再回答我。」

千裕一直看著早已空空如也的雞尾酒杯。我很有耐心地給她時間思考；我並不討厭和別人一起度過認真思考的時光、慢慢等別人做出結論。大家都太急於想出答案了。千裕對自己點點頭並說道：

「我還是很想讓那頭野獸也嘗一嘗我哥所受的苦。雖然我對這件事還是有那麼一點迷惘，但有一件事我很肯定。我跟你說，阿誠……」

千裕把力量集中在眼睛，對著坐在斜前方的我放出射線。那是帶有內心想法的強力光線，擁有將一小時前還互不相識的兩人的心結合在一起的力量。

「我知道再這樣下去不行，我一定要在能力範圍內採取行動才行，不這麼做的話，我的心情就無法平復。不光是為了我哥，也是為了我自己。再講得誇張一點，這也是整個世界的問題。如果什麼都不做，我會變得無法再相信這世界。所以……」

在ISP當售貨員的這個女生所講的話，讓我心裡也有點激動起來，不由得插了不必要的嘴。

「所以，妳希望我怎麼做？」

千裕以一種願意承擔所有後果的平靜聲音說：

「如果有必要，我希望能打斷那頭野獸的腳。」

我在心裡嘆了口氣，但是沒有在這家時髦的水果吧顯露出來。

下午四點前不久，我走回水果行，勉強安全上壘。老媽一副心神不寧的樣子，睜大眼睛瞪了我一眼，就跑上二樓去了。純愛是不錯啦，但不要只在電視裡有純愛，也要分一些給周遭的人嘛。正如千裕所說，這個世界缺少愛與正義。

我坐在店裡的凳子上，打開手機，撥號給從小至今的指導教官、在池袋警察署生活安全課擔任萬年基層員警的吉岡。從他還在少年課時，我們之間的孽緣就開始了。雖然盂蘭盆節或年底不會送禮給他，但只要是有益於彼此的情報，我還是經常和他交換。他呻吟般地說：

「你好……」

「是我，阿誠。」

從聲音聽起來，他的心情似乎更差了。我對這位警察的愛，大概是百分之百不正常吧，否則怎麼他愈不爽，我就愈開心。

「怎麼，是你啊？我很忙，要掛了喔。」

「等一下啦。一年前在池袋二丁目的十字路口，十八歲的小鬼在路上幹了一件強盜案，你記得嗎？」

吉岡呻吟似地回答了「YES」。真是個好溝通的男人。我連忙把手邊資訊一一丟給他，有時候會意外地對他的工作有幫助。

「嫌犯的名字是音川榮治，當場就被人以現行犯逮捕，送到長野的少年輔育院待了七個月。」

「長野的少年輔育院，是不是在那個地方？那個〇〇〇。」

很遺憾，請容許我保留地名不說，因為我不想連吉岡接下來講的話也要一併去掉。

「沒錯。對他來說應該算是很好的修行吧。那裡以嚴格著稱，用棍棒與拳頭重塑你的個性。與其說是少年輔育院，不如稱為小鬼的板金工廠。大家都被打成平平的一塊才出來的。」

好一個擅長比喻的刑警。

「所以，阿誠你想知道什麼？」

「關於那個強盜的詳細資料。」

雖然手機有雜訊干擾，還是聽得出來吉岡的聲音很認真。

「你又陷入什麼麻煩了是吧。」

「不知道算不算耶。我都盡可能以不傷害他人為原則。」

非暴力、非營利、不搞男女關係，是我當麻煩終結者的原則，吉岡不可能不知道。

「好吧，我去幫你看看少年課的檔案夾。但之後你要全部當成沒聽過。」

「謝謝你，好心的刑警先生。」

我以如童星般的純真語氣傳達感謝之意，可惜吉岡聽到一半就掛了電話。

就是因為這樣，沒教養的人才讓人覺得困擾。

我打開記事本等了二十分鐘，然後手機響了。

「怎麼樣？」

我以為會傳來吉岡的大嗓門，所以手機拿得離耳朵遠遠的，沒想到傳來的卻是如花香般的甜美聲音。

「怎麼樣？你怎麼知道我在做什麼，阿誠。」

是千裕。我裝出帥哥的聲音說：

「我認錯人了。先別管這個，什麼事？」

「我現在人在ROSA會館一樓的電玩遊樂場。和阿誠聊過之後，我跑去他家監視，他剛好走出來。現在我在跟蹤他。」

好一個隨心所欲行事的委託人。土生土長的池袋小孩就是這點可怕。

「我知道了。現在我在等重要的電話，講完馬上去妳那兒，千萬不要輕舉妄動。那個人搞不好記住妳的長相了。」

「你放心，我戴了墨鏡。」

我很想叫她別再跟下去。在昏暗的電玩中心戴墨鏡，反而格外引人注目。

「總之，妳就在那兒找台機子玩，一邊監視吧。」

我切了手機，雙腳自然地抖了起來。總覺得很難預測事情會怎麼發展。唔，反正我這個人原本就很隨興。

接到吉岡打來的電話時，我的焦慮剛好到達最高峰。我忍不住大叫：

「超慢的！」

吉岡不太高興地說：

「你這傢伙，我可是犧牲寶貴的勤務時間、跑到另一個樓層的資料保管庫去幫你看檔案耶，至少也要表達一下感謝之意吧。」

這倒是。我老是拜託他一些對他全無好處的事。

「抱歉。不過剛才有個年輕女孩獨自跑去跟監音川了。」

這次緊張起來的是吉岡。

「阿誠，你怎麼又在玩偵探遊戲。那個女的沒事吧？」

「不知道。趕快給我情報，我等下要去找她。」

吉岡答了一聲「好」，開始讀起手邊獲得的資訊。

「去年三月十七日二十三時十分，失業的十八歲男子音川榮治在池袋一丁目的路上以棒狀凶器毆打二十一歲餐廳員工葉山司的後腦，在葉山跌倒後又猛踹對方右腳。」

棒狀凶器？我記得千裕說是警棍。

「等等，那個凶器，是不是像特製警棍那樣的東西？」

「不是，是家用傳真機用紙的紙芯。」

「那種咖啡色的厚紙筒是嗎？」

我腦中浮現傳真紙捲動的聲音。格鬥用的警棍與厚紙筒，二者給人的印象截然不同。吉岡的聲音很冷靜：

「沒錯。似乎是情急之下從家裡拿來的。」

我一面飛快記著重點，一面問吉岡：

「他有什麼必要那麼急？」

「根據音川供稱，他受到高中時代的朋友威脅，要他隔天弄錢給他們，不管多少都好。沒弄錢來的話，他就會挨揍。」

欺負同學。隨著年歲增長，欺負常會演變為金錢勒索。

「那幾個勒索他的人，有因為這起事件受到制裁嗎？」

「嗯。少年A、B、C、D，每個都是初犯，所以沒有送進少年輔育院。勒索現在已是每所高中的每個班級都很司空見慣的事了。」

「那麼，不就變成只有那個被欺負的孩子，被送進那間再怎麼壞的小鬼都會被打成平平的一塊送出來的少年輔育院了嗎？」

「是這樣沒錯。」

真是不公平。關係人有膝蓋粉碎性骨折的千裕哥哥、強盜犯音川，以及直接促成這起案子的A、

B、C、D四個人。以罪與罰的關係來說，到底有誰受到了公平的待遇？誓言為兄復仇的千裕口中「公正的世界」到哪裡去了呢？

「我知道了。謝謝你。」

「嘿，沒想到你這麼率直呀，阿誠。接下來你打算怎麼處理那個叫音川的傢伙？」

我回答不知道。我完全不知道該怎麼做。

但是這種時候不能用頭腦思考，與其在腦中模擬無限種可能，還不如實際去看真人一眼。音川榮治現在應該在離我家水果行只有五十公尺的電玩遊樂場。我切掉手機，向二樓的老媽大叫：

「純愛的時間已經結束了吧。我出去一下，拜託顧個店。」

在如雷的回答擊中我之前，我已經穿著籃球鞋在西一番街狂奔了。再怎麼說，人還能夠跑的時候是最幸福的。

為什麼這種時候沒人幫我播放警探劇裡那種帥氣到不行的BGM呢？

ROSA會館是一棟結合了電影院、咖啡廳、漫畫咖啡店以及DVD出租店的混用大樓。由於興建年數已久而有點昏暗，看起來很像有問題的色情大樓，但實際上並非如此。

只花不到一分鐘的時間，我就到達一樓的電玩遊樂場了。深呼吸後，我慢慢走進到處傳來電子爆炸聲的昏暗空間。一台大型賽馬遊戲機旁，擺著十多張凳子，幾個年輕人和上班族隔著空位坐著。我在那群人之中看到了那個傢伙的臉。

那是野獸毫無血色的慘白面孔，看起來實在不像會攔路搶劫的人，又矮又瘦。他戴著灰色針織帽，穿著胸口大大地寫著「28」的運動夾克，以及肯定幾個月沒洗的牛仔褲，膝蓋處好像沾到什麼油一樣閃閃發亮。就在我盯著他看的時候，有人拍了我的肩。

「那傢伙就是野獸。」

是戴著墨鏡的千裕，眼珠子上翻地抬頭看著我。

「這頭野獸也太沒氣勢了吧。這裡太醒目了，我們到那台遊戲機那裡。」

⚜

那是一台對戰型的射擊遊戲機，由兩名玩家一起挑戰占領超高層大樓的恐怖分子，使用的武器是Sig Sauer P220手槍，射完九發子彈就必須更換彈匣。遊戲設計得滿好的，只要一被戴著面具遮住臉的迷彩服恐怖分子開槍擊中，子彈就會誇張地濺出血花，然後飛到別的地方去。由於我們兩人的神經有一半以上都用來注意音川，所以一直是被恐怖分子打好玩的。

「這樣子是無法維護日本治安的！」

千裕一面對著螢幕瘋狂掃射，一面大叫。

「他走了。」

沒有拿出任何一枚硬幣來賭、只以蒼白的臉低頭看著迷你賽馬場的音川，此時站了起來，搖搖晃晃走向出口。我們也放下接在機器上的Sig Sauer手槍，追在他後面。

* * *

音川駝著背、手插在口袋裡，走在西一番街上，看起來實在不像會被送到少年輔育院去的壞孩子。他穿過WEROAD，走到東口。P'PARCO前方的樹叢裡坐著四個男的，一身池袋常見的B-boy裝扮，纏在脖子上的鍊子粗到足以拖走一艘油輪了。四人露齒而笑地迎接音川。顯然音川十分怕他們。我自言自語地說：

「少年A、B、C、D。」

千裕露出疑惑的表情。

「你說什麼？」

她似乎完全不清楚整個案子背後的故事。

「指使音川襲擊你哥的幕後主謀。」

「可是襲擊我哥的，不就是那頭野獸一個人嗎？」

「妳看。」

其中一人搭著音川的肩，邊笑邊發出怪聲，一副在和他開玩笑的樣子。音川的腰一直往後縮。那人給了音川腹部三記短勾拳。音川蹲了下來，坐倒在貼著磁磚的階梯上。

「這是怎麼回事？」

千裕神色混亂地看著我。我將不久前吉岡告訴我的情報轉述給她聽。

「音川遭到這幾個傢伙勒索。他以前一直是被人欺負的孩子，現在出了少年輔育院，仍然吃著和以前一樣的苦頭。」

「那我哥哥他不就是……」

千裕的眼睛睜得很大，看著他們五個。「大魚吃小魚」或許正是世上的不變定律吧。

「沒錯。由於他們幾個威脅音川交出錢來，音川才會襲擊妳哥。被捕的音川被送到少年輔育院，其他四人卻只受了一點訓斥就沒事了。妳說，現在該怎麼辦？」

四人的其中一人把臉貼近坐倒在地的音川耳邊，似乎在小聲對他說些什麼。音川的臉色變得更加蒼白了，幾乎沒有血色。

「大概又在向他要錢了吧。千裕，這樣妳還是想打斷那人的腳嗎？」

千裕沉默地看著前方十多公尺的景象，我的心情也複雜起來。狗只要用棍棒一打，確實會變得聽話；但用這種方法教出來的狗，還是會去別處咬人。讓這種事在我們居住的地方不斷重複發生，真的好嗎？

這可不是投兩百圓硬幣就能玩個痛快的射擊遊戲，雖然看起來只是毫不起眼的一個動作，但講得誇張點，它可是決定我們未來的一大選擇。千裕以沙啞的聲音說：

「我也不知如何是好，可是也不能什麼事都不做。如果我不想再恨這個被人提出無理要求的嫌犯，又該怎麼做才好？」

我也不知道答案是什麼，但至少比「說什麼都想打斷音川的腳」進步一點點了，不是嗎？

「我也不知道。我們一起想想看吧。」

四人組一面說笑笑，一面離開了P'PARCO前面。音川仍坐倒在階梯那兒，壓著自己的腹部好一陣子，就像一隻夾著尾巴逃跑的喪家犬。

我和千裕約好要再見面，就離開了那裡。

在那之後幾天，我一直跟蹤音川。

工作還滿簡單的，需要一點膽子就是了。反正我早就知道音川住在哪裡，在我的地盤池袋，每條小巷子我都熟得很，瞭若指掌。而且他的生活型態也很固定，因為沒有工作，每天都依循同樣的規則度過。吃過早飯後，他會在早上十一點左右出門（直到傍晚回來吃晚飯之前，他不會再吃任何東西）。由於身上沒錢，他就只是不斷在池袋的街上閒晃而已。他會在便利商店站著翻閱求職雜誌，然後到電玩遊樂場看看別人玩遊戲，再跑到PARCO或西武百貨裡亂逛。接著就是到太陽城的陽台坐著，或是到Amlux去摸摸豐田的新車，再不然就是去東急手創館看看開派對用的布置品。

還真像十五到十九歲那段時期的我，既沒錢，也無事可做，每天就這樣隨波逐流地活著。說起來很蠢，但對於這頭悲哀的野獸，我竟然不知不覺產生了同理心。

我一定要努力維持平常心，不能特別同情他。

可是我完全想不出什麼好方法，可以把音川從野獸變回人類，再把他和四人組切割開來，而且還要能平復千裕與她哥哥憤憤不平的情緒才行。真像最高難度的體操競技動作啊。可惡，我又不是判決之神。

傍晚回去顧店時，我放了貝多芬第四號交響曲來聽。這固然無法讓我想出任何點子，但是當貝多芬的音樂洋溢在我們這間感覺不是很乾淨的水果行時，我竟然覺得一分一秒都很充實。真的很不可思議。

結束跟蹤後的那個春天夜晚，我在自己的房間打給千裕。我把窗戶打開，西一番街的霓虹燈照得天花板一會兒紅、一會兒藍。

「喂……」

是千裕有些遲疑的聲音。

「今天我又去跟監他了。」

「辛苦你了。」

窗外的風雖有排放廢氣的臭味，吹起來確實還滿柔和的。

「再這樣下去，事情會變得完全沒進展。這樣吧，可不可以讓我去見妳哥哥，聊一聊？」

「為什麼？」

「我雖然知道妳的想法，卻不知道妳哥是怎麼想的。而且，如果我是妳哥，一旦知道妳瞞著他私下行動，也一定會很不開心的。」

千裕沉默了好一陣子。聽得見夜晚街上的聲音，但究竟是手機那頭傳來的，或是我房間窗外傳來的，我也分不清楚。

「好吧。我就說阿誠是我朋友，把你介紹給我哥認識吧。但是拜託千萬別聊到那頭野獸的事。」

「為什麼？」

「我哥還不知道音川已經回到這裡。一旦他知道了，我無法預料他會做出什麼事來。還好是我先發現音川回來了。」

「這樣啊……」

無言以對。千裕裝出開朗的聲音說：

「這樣吧，這星期六請你來我家玩。我就說你是我的新男友好囉。」

我開玩笑說：

「不穿西裝打領帶，沒關係嗎？」

「別穿不適合自己的衣服不是比較好嗎？就這樣囉。」

她二話不說就拋開了穿西裝的我，結束通話。千裕根本不知道打領帶的我有多帥，真是個缺乏想像力的女人。

星期六中午十二點，我穿著午夜藍的西裝與白襯衫，造訪位於平和通的大廈。從外觀看得出來是一棟建齡已逾二十年的中古大廈，陽台貼著全藍的磁磚，成為每一戶最醒目的地方，讓我產生微妙的似曾相識感。

在三樓走出電梯後，我在不鏽鋼門前站定。我拉好襯衫領子，把白玫瑰（不過也只有區區五枝而已，因為實在太貴了）舉到胸口的地方，按了門鈴。傳來啪嗒啪嗒跑過走廊的聲音，門開了。

開門的千裕穿的是牛仔褲與連帽外套。看到我的裝扮，她瞠目結舌。這件可是在西武百貨的義大利名牌Ermenegildo Zegna訂做的超高檔西裝，不過錢不是我付的就是了。這樣的我看起來不像「池袋的阿誠」，比較像是「米蘭的阿誠」。

「感謝賞光蒞臨寒舍。」

千裕身後站著一個和她長得很像的男生。這就是她的哥哥阿司吧。

他不斷說著「請進」，帶我進入家裡。從走廊往裡面走到一半時，我已經聞到美食的味道了。阿司的腳確實一拐一拐的，因為右腳前端往外側開。千裕在我背後開朗地說：

「一聽到阿誠要來，我哥已經在廚房忙了三小時了唷。」

大蒜與橄欖油的氣味。千裕叫我別吃飯直接來，這時我的肚子叫了。

「來，請坐。」

我在鄉村風格的餐桌椅坐下。他們家給人很靜的感覺，卻帶有一種微妙的寂寥感。為了準備料理，阿司又跑到廚房去了。我小聲對千裕說：

「令尊、令堂或其他家人呢？」

千裕以一副理所當然的語氣回答：

「我爸媽在我十一歲那年就出車禍死了。我們也是差不多到這第三年，生活才過得比較像樣一點。」

「這樣呀。對不起問了不該問的問題。」

「我哥之所以開始喜歡做料理，也是為了想讓我吃點好吃的。因為料理我可是一竅不通呢。」

這時候，穿著白色圍裙的阿司捧著一個大盤子走了出來。

「你們兩個在偷偷摸摸講什麼啊。阿誠，趕快來吃。」

失去雙親的兄妹與沒有爸爸的我，就這樣展開三個人的豪華午餐。

阿司做的前菜拼盤堪稱專業級的。他拿著開瓶器打開白酒，白襯衫的短衣領醒目地立了起來。

「這瓶白酒雖然不算太貴，但是帶有果香，相當好喝。是一九九九年的Langhe Arneis。」

阿司把酒倒在我的玻璃杯裡，等著我品嘗，讓我冷汗直流。我只好動員自己僅有的些許知識回答他。

「真的耶，有水果的氣味，入喉後稍微有一種野草的苦味。」

阿司向我露出「及格了」的笑容。

「沒錯，這正是這種白酒的特色唷，十分天然。來，趕快吃吧！」

在有雙臂合抱那麼大的盤子裡，裝滿四種不同的前菜。

「義大利菜並非特別高級的料理，阿誠你還年輕，就多吃一點吧。」

接著阿司開始為我說明各道菜色，有烤南瓜、韓國薊和小蕃茄拌起司、生火腿與柿乾的沙拉，以及搭配鯷魚醬與芝麻菜醬的鱸魚義式生魚片。解說完畢時，我已經一個人解決掉整盤前菜的一半了。

「平常只有千裕在，但看到你食欲這麼好，真教我忍不住又躍躍欲試了。我再去弄個義大利麵吧。」

阿司一拐一拐地走向廚房。我用阿司也聽得到的大音量向千裕說：

「妳哥哥做的菜真的很好吃耶。」

千裕的臉沉了下來。

「可是，他開店的夢想已經破滅了。」

「為什麼？」

「廚師的工作必須一直站著，但是我哥因為那次事件的影響，沒有辦法連站三個小時以上。他的膝蓋骨整個碎了，現在裡頭都還裝著鈦絲。」

我把帶點焦味的烤南瓜送進口中，烤得真是恰到好處，嘴裡殘留的鹽味讓人難受。不難理解千裕為什麼想復仇了，開一家義大利餐廳恐怕不只是哥哥的夢想而已，千裕應該也是為此而拚命工作賺錢吧。

我的腦海裡浮現音川被揍得倒在地上的那張臉。

為什麼世上不幸的人們，要這樣去破壞彼此的夢想呢？

阿司做的是採用新鮮羅勒與蛤蜊的義大利麵，主餐則是烤小羊排。我用牙齒把小根肋骨上的肉啃得乾乾淨淨，結束了這一餐。那種飽足的感覺，已經超過危險界限了。

飯後，我們一面喝著咖啡機沖泡的濃縮咖啡，一面聊天。我單刀直入問阿司：

「關於你的腳，我聽千裕講了。怎麼會有人做出這麼過分的事！」

阿司的表情沉了下來。或許從我進門到現在，他都只是在扮演「兄代父母職」、招待妹妹男友的理想角色而已。

「是啊。因為這樣，我只好辭掉店裡的工作。醫生也說，疼痛大概一輩子都無法消除吧。」

看來已經有點醉了的千裕看看哥哥，又看看我。

「如果走在路上又碰到那個男的，你會怎麼辦？」

阿司看著殘留在小咖啡杯杯底那有如泥水般的咖啡，好一會兒沒有講話。

「我也不知道。一開始我很想殺了他，就算為此入獄也無妨。但後來我覺得，如果自己做出這種事，在這個社會上其實和自殺沒什麼差別。」

我也不知道。千裕說：

「可是我真的很不甘心。一個奪去別人一生夢想的傢伙，竟然只在少年輔育院關一下就可以出來，真是太奇怪了！」

就在那個時候，阿司緩緩開口：

「若能和他面對面看著彼此交談，我的心情或許多少會有所改變吧。」

千裕和我幾乎同時回話：

「為什麼？」

「對於犯罪的人，我們常會覺得『做出那種事，根本不是人』對吧？沒錯，這種無藥可救的野獸確實存在，卻不是每個犯罪者都如此。如果透過交談，我能發現襲擊我的那個人並非無法理解的野獸，還算是個人的話，我覺得自己的恨意會有所不同。」

講完這番話，阿司喝掉最後一口濃縮咖啡。

「沉在杯底的砂糖出乎意料地好喝。或許是我太天真了，我總覺得，不把對方當人看、讓自己繼續這樣又怕又恨他的話，對於自己的心理也有害。雖然當不了廚師，但我一定還有別的事能做。我不希望自己老是被困在怨恨之中。雖然還會恨他，但我希望能克服這種恨意向前走。」

這時我才領教到，什麼樣的人真的值得敬佩。面對野獸時要採取什麼樣的態度，才像是個人呢？是為了報仇拿棍子揍對方，還是看著對方的眼睛與他交談？事實上，這樣的選擇也是一條很細的界線，可以區分出你到底也是頭野獸，或是人類。我看著阿司的眼睛說：

「我知道了。如果有什麼我能做的，我都樂於協助。」

隔週星期二晚上十點過後，千裕再次打電話給我。那時候我還在顧店，而且是生意即將達到最高峰的時候。酒醉的客人掏錢都很大方。

「阿誠。」

乍聽之下很像是慘叫。夜風在手機的那頭呼呼吹著。

「妳從哪裡打給我的？」

「家裡。我現在在陽台上。我哥變得有點不太對勁。」

我請那位想買兩包章姬草莓的醉客等一下，他在嘴裡唸唸有詞地抱怨起來。從那天阿司給我的感覺，實在很難想像他的「不太對勁」會是什麼樣子，畢竟去他家做客時，我是那樣打從心底佩服他。

「怎麼個不太對勁法？」

「他一回家就開始磨菜刀，一直到現在。他把家裡所有菜刀都排出來，一面唸唸有詞，一面磨菜刀。我是從廚房外面聽到的，我哥一直在說『我看到他了，我看到他了，我看到他了』。」

這下連我也想要慘叫了。

「他碰到音川了嗎？」

「這點我不敢斷定，但恐怕正是如此。」

再怎麼令人敬佩的人，情緒還是會有不穩定的時候。阿司原本很想克服那股恨意，但或許是因為看到音川本人，變得無法抑制自己的心情。

「看來時間很緊迫了。」

「你打算怎麼做，阿誠？」

「之前妳哥曾經提到，再碰到對方時自己會有什麼反應，對吧？」

「你是指『和他面對面看著彼此交談』嗎？這種事根本做不到吧！」

到底做不做得到，不試試看又怎麼知道？

「明天我會試著展開行動與音川接觸。」

「但你要怎麼讓他和我哥見面呢？對方已經為此償罪了，根本不可能硬要他聽你的吧？」

「別擔心，我有辦法。」

我切掉電話。這時我的表情恐怕很猙獰吧，醉客極其低姿態地把一包草莓與千圓大鈔遞給我。

星期三早上十一點，我站在音川住的公寓前面等他。他還是一如往常穿著那件髒牛仔褲，弓著背走過提早綻放染井吉野櫻的街道。他在平和通右轉拐入常盤通，然後再拐入劇場大道。接著他穿過西口五叉路，朝著新綠初萌的西口公園走去。他一副無力的樣子，在圓形廣場的長椅上坐下。

冬天時顯得比較畏縮的鴿子，現在為了找吃的又跑來了。我在附近的自動販賣機買了罐裝溫咖啡，朝他坐的長椅走去。我都站在他眼前了，他的頭還是抬也不抬。我把腰往他身邊彎下，把罐裝咖啡放在他旁邊，然後面對著他說：

「你就是音川榮治沒錯吧。我叫真島誠。」

聽到我的名字，他的臉色略微變了一下。連這樣的小鬼都認識我啊。或許我是個僅限於池袋當地的偶像也說不定。音川看看我，又看看咖啡。

「喝吧，我一個人喝不了兩罐。」

他以髒髒的指甲勾起拉環，喝了一口。日本的罐裝咖啡真是甜得可以。沒記錯的話是加了六顆方糖那麼甜。

「有人請我一直跟蹤你。你被高中時代的壞朋友威脅的事，我也看到了唷。在P'PARCO前面那裡。」

音川的身體一僵。

「他們是不是和以前一樣，又向你勒索？」

音川嚇得全身發抖，終於開口講話：

「是這樣沒錯，但我真的不知道怎麼辦才好。今天就是必須給錢的日子……」

音量不大的沙啞聲。那是讓人感覺不到他還活著的一種聲響。我以挺他的口吻說：

「要不要今天就把和那些傢伙之間的痛苦關係一刀兩斷？反正你身上也沒錢，對吧？」

他那張黑黑的臉亮了起來。

「我也很想啊，但是要怎麼……」

我從連帽外套口袋拿出藍色的印花頭巾，放在音川那條牛仔褲膝上。

「只要我一通電話，G少年就會收你為成員。所有住在池袋的小鬼，都不會笨到去威脅G少年的成員吧。」

關於少年A、B、C、D，我也做了不少調查，他們只是一般混混而已，既沒有組織撐腰，彼此之間也不覺得有什麼強烈的羈絆。音川彷彿找到了通往自由的護照，雙手緊抓著藍色印花頭巾。

「不過，把你介紹給G少年之前，希望你和我的委託人見個面。如果你不答應，加入G少年的事就作罷。怎麼樣，心動了嗎？話說在前頭，不要把和我的委託人見面當成太輕鬆容易的事。」

從他的眼裡看得出來，他的情感像波浪一樣動搖著，那是對於突然現身的救世主所抱持的疑問。但他若是今天就必須和那些人見面，應該也別無選擇了。他軟弱地點了頭。我邊拿出手機邊說：

「請你給我明確的回答。」

「我不知道你要我和誰見面，但我願意一試。請你救救我。」

我向他露出安心的微笑，撥了第一通電話——池袋街頭的國王，安藤崇。我已經事先告訴他這件事了。崇仔的聲音又冷又刺，就像到了春天還未融化的山頂積雪。

「哪位？」

「契約成立了。為防萬一，派兩個人過來吧。我在西口公園這裡。」

不知道有什麼好笑的，崇仔開始竊笑起來。

「地點我已經知道了，圓形舞台旁的長椅對吧？從這裡看得一清二楚。我現在就派兩個手腳俐落的過去，我也會過去關心一下狀況。」

崇仔竟然也要出動，有點像是小孩子吵架竟要勞駕最高法院的法官來處理。我慌張地說：

「你沒必要露面吧？這樣子事情會變複雜。」

這時，我看到崇仔在圓形廣場的另一側講著手機。他穿著全白的休閒皮外套與義大利軍迷彩褲，兩側各站著一身黑、只有頭上包著藍色印花頭巾的男子。崇仔以冰一般的聲音說：

「我想看看你會如何處理這次的事情。平常我在池袋也經常處理小鬼們的糾紛，或許阿誠的做法可以當作參考。」

我只好投降，等著帶了兩個保鑣的國王穿過圓形廣場前來。

崇仔一站到音川面前，音川就自然而然立正站好，和看到我時的反應截然不同。也罷，和崇仔有關的可怕傳說比較多，這也難怪。崇仔一直盯著他看，臉上並無任何表情。

「這傢伙就是音川嗎？」

「對。」

我回答道。

「我聽阿誠講了。現在開始你就是G少年的成員，如果有誰再威脅你，就報出我的名字，那個人就會變成全體G少年的共同敵人。」

崇仔沒有再說什麼。音川感動到說不出話來。國王冷冷地說：

「聽懂的話，就給我回答。」

「是，知道了。」

音川保持立正姿勢回話，只差沒跪下來親吻崇仔那雙綁帶戰鬥靴了。我拿起手機，撥了第二通電話。我對千裕說「現在要過去」之後就掛掉了。我向崇仔說：

「我可要先聲明，我的做法可能當不了你在處理糾紛時的參考。你到底想幹嘛？」

國王事不關己地說：

「那就讓我看看阿誠的本領吧。帶我去那家店。」

咖啡廳的名字是「Solar」，來自太陽的恩惠。店長是個還很年輕的女生，我在寫街頭雜誌專欄時去過好幾次，和她交情還不錯。這家店位於西池袋三丁目，離西口公園只有區區兩百公尺。

崇仔、兩名保鑣和我四人像在護送音川一樣，圍著他往那家店走去。Solar是一棟小木屋，和西池袋公園隔著一條小路。門窗都是木製的，散發出木頭的氣味。

我一開門，綁著髮髻的老闆就露出笑容。一樓有幾桌客人，幾乎都是年輕女生。

「歡迎光臨，阿誠。他們已經在二樓等了。」

「不好意思，做出這麼自私的要求。麻煩給我們一人一杯熱咖啡。待會兒我們講話的聲音可能會有點大，請不用管我們沒關係。」

我們順著一樓內側的樓梯往上爬。二樓是晚上才營業的酒吧，附包廂，這次我們整個都包下來了。我拉開頗有重量的木製落地窗，正面有扇大窗戶，看得到櫻花在公園的初萌新綠之中含蓄地開著。房間正中央的桌子旁，坐著千裕與阿司兩個人。我對著樓梯的方向說：

「你們等等。」

我走進包廂。露出不解神情的阿司說：

「今天到底是怎麼回事？千裕什麼也沒說，突然就說有人要和我見面。」

應該沒必要再隱瞞了吧。我看著阿司開朗的雙眼說：

「上回到你家作客時，你曾經這樣說過對吧？『若能和他面對面看著彼此好好交談，心情或許不會再只有憎恨而已。』千裕原本希望我襲擊音川榮治，但我沒有出手造成另一個人受傷，而是選擇賭在你那番話之上。我們會確保你們不受打擾，所以請你盡情看著對方的雙眼講出你想講的話。」

我朝著樓梯出聲喊道：

「過來吧。」

音川最先進入這間木製包廂。他似乎微微在顫抖。看到阿司後，他好像仍然不知道眼前的人是誰。我對音川說：

「到他對面的座位坐下。他就是被你痛毆、踹碎膝蓋、搶走財物的被害人。」

一聽到這些話，他整個人如坐針氈，視線一直停在自己的腳尖。他以爬行般的慢速前進，在阿司正對面的位子坐下。我也變得焦躁起來。

「怎麼了，榮治，好好看著這個被你襲擊的人，這是你能否進入G少年的考試。無論你的內心在想什麼，試著全部展示給他看吧。當時你幹的那件事……」

阿司舉手制止我。他平靜的聲音裡，帶有即將爆發的憤怒。

「為什麼要襲擊我？你到底為了什麼需要那筆錢？都已經把我打倒了，你為什麼還要一直踹我膝蓋？你知道你害我必須辭去自己夢想的廚師工作嗎？」

音川看向我，像是在求我幫他。接著他又向看崇仔，以及那兩個保鑣。知道沒有人能幫他之後，音川總算開口了。

「真對不起。當時我是隨便在路上找一個人襲擊的。從國中開始，我一直被同一批人欺負，那天就是繳錢給他們的前一天。他們說如果不弄個五千圓來的話，就要帶我到沒有人知道的地方痛毆一頓。我好怕他們。對不起。」

音川似乎無法正視阿司的臉。我看向窗戶外面，長出新芽的綠樹迎風搖曳，完全不在乎人類之間有什麼爭執。他們已經開始交談，我似乎沒有必要再做什麼了。阿司的聲音有點大：

「開什麼玩笑！只因為自己很可憐，就可以攻擊別人嗎？現在又把過錯全推給別人？」

音川的眼睛在天然木材製成的桌面上飄來飄去，像是要在桌面的紋理尋找答案。

「我受到同學欺負是真的。十歲的時候我媽就死了，後來就和我爸兩個人相依為命。小學五年級時，我就開始被欺負。」

音川的聲音小到彷彿快要消失。我輕聲問道：

「他們怎樣欺負你？」

音川首度抬起雙眼。他看看我，又看看阿司。我發現他的眼眶已經紅紅的。

「他們說我每次都穿一樣的衣服，說我是穿髒襯衫的傢伙……」

咖啡店二樓的包廂寂靜無聲。千裕還是勇敢地開口說：

「那又怎樣？我們家更慘。我爸媽在我十一歲時都出車禍死了，後來我們就變成親戚間踢來踢去的皮球。」

千裕也哭了起來。

「你到底懂什麼？和你一樣小學五年級的時候，我就一直到處轉校。每進一所新學校，同學就會發現我沒有父母。但我可沒有認輸呢，你知道為什麼嗎？」

千裕在桌面上緊握雙拳說：

「因為每個星期日，我都可以和哥哥見面，他總是會做簡單的料理給我吃，荷包蛋、炒香腸、泡麵。這樣我就很滿足了。我們兄妹倆有個夢想，就是要一起存錢，哪天一起開間店，開一間任何傷心難過的人來吃，都能笑著離去的好店。你卻奪走了這個夢想。」

阿司似乎聽到一半就忍不住了，跟著鼻酸起來。音川似乎不是很了解千裕那番話的意思。我以盡可能不帶情感的聲音說：

「榮治，由於你踹爛了他的膝蓋，阿司現在沒拄拐杖就無法走路，也沒辦法長時間站立，所以必須向原本服務的餐廳辭職。」

我看向崇仔。他靠在大窗戶旁，事不關己地看著窗外。那件白色休閒皮外套以初萌新綠為背景，顯得格外好看。音川看到靠在桌旁的金屬拐杖，總算了解自己為對方帶來了什麼樣的傷害。

光是知道被害人「重傷」，不會知道是怎樣的重傷法。要讓他打從心底理解這件事，就需要故事的輔助。短短一瞬間，他奪走了相依為命的兄妹兩人的夢想。音川的目光落向自己的右膝。一年前，他用自己的右腳做過什麼事呢？這時他全身顫抖起來。

「我不知道會這樣，那是我第一次對人施加暴力。毆打阿司先生後，我很怕他會反擊，所以死命地猛踩他。在少年輔育院聽到他過了三個月才痊癒，我才想起自己當時的害怕。真對不起，等我找到工作，我一定會盡可能賠償你。」

音川的身體仍然不斷微微顫抖。即便如此，千裕對他的批判仍未停歇。

「少騙人了！我知道你過的是什麼樣的生活。離開少年輔育院後，你就每天游手好閒、無所事事，根本沒有想要工作的意思。你只是整天泡在電玩遊樂場而已嘛，根本是社會敗類！」

「不是的，不是妳講的那樣。」

頭始終低垂的音川首度反擊。但他看向千裕的視線馬上又落回桌面。

「過去的經歷讓我受了傷，我總覺得自己活不下去了，也沒辦法和別人交談。在外面和別人講話，比在少年輔育院和人講話困難得多。回到這個世界後，我想做什麼事都有高高的障礙擋著，我真的很想跨越它。」

這次換阿司靜靜地說：

「那麼，你打算怎麼做？難不成你想再犯案，被關進成人監獄嗎？」

音川的眼淚一點一滴落下來。

「所以我說我不知道該怎麼做。我不知道如何是好。無論我到哪裡，都會有人欺負我。在長野的少年輔育院時也一樣慘，那兒不但監視嚴厲，每個進去的少年彼此也是敵人，大家都在互相欺負。」

我想起吉岡講過的話——壞孩子丟進少年輔育院後，都會被打成平平的一塊才放出來。此時，崇仔冰一般的聲音傳過來：

「沒有人會同情你，你的罪也不會消失，阿司的腳也不可能回復原狀了。這些事，你應該很清楚了吧。」

不愧是國王，短短一句話就這麼有力。音川吠叫般地大聲回答：

「清楚！」

「了解這些既成事實後，你自己想想今後能做什麼。我給你充分時間思考，無論花多久時間，我們都願意等你的答案。」

池袋的孩子王果然厲害，真的很不可思議。接下來那段時間過得相當濃密，是有如蜂蜜滴落般的二十五分鐘。在那段時間裡，榮治眼裡一直噙著淚、額頭與脖子流著汗，正襟危坐地在椅子上思考。

但房裡最先開口的卻是阿司。這位被害人以沙啞到不能再沙啞的聲音說：

「以前我一直在想像你是什麼樣的人。有時候你是團黑影，有時候你露出野獸般憤怒的表情，有時候你又像我剛看過的電影裡的反派。我一直相信，唯有野獸才會做出這麼過分的事。但剛才你走進房裡的瞬間，我明白了，你也和我一樣都是人。你也和我一樣會害怕、會感到後悔；你也和我一樣有著夢想，希望能有人打從心底理解自己。你不是頭野獸，而是人類。」

話還沒講完，音川已經抑制不住，發出像是吠叫一樣的聲音哭了起來。阿司把手伸進夾克內袋。

「其實我早料到會有今天，所以準備了這樣東西。」

他拿出一把木柄小刀，是用來細切蔬果的那種，似乎磨得很利，而且閃閃發亮，像是櫻花季時空中忽陰忽亮的那種感覺。阿司對我投以沉穩的眼神。

「我也住在池袋，好歹也聽過麻煩終結者的鼎鼎大名。有你稱讚我的料理技術，我真的很開心，阿誠兄。」

阿司把刀子擺在桌子中央，看著哭泣的音川。

「我想你的罪應該是不會消失的，但我願意把你當成人來原諒。」

千裕一個人大叫：

「這樣真的好嗎？哥！」

阿司露出堅毅的笑容，把手伸到桌上。我想起曾在格鬥技的比賽轉播聽過「地球上最強」之類的可笑描述，不禁笑了出來。格鬥技裡的「最強」其實淺薄得很，因為真正厲害的，是此刻看到的「地球上最強」的笑容啊。阿司以帶著笑意的聲音說：

「沒關係。如果一直恨他的話，我的明天也不會開始的。我們握手言和吧！」

音川一面吸著鼻子，一面伸出手來。孩子王笑著看向竭力強忍淚水的我，想必這又會成為他拿來虧我的好題材吧。但我並沒有特別在意。

因為，下一瞬間，跪在地上的音川低頭去握阿司的手，這是我今年春天看到的最佳場面。初萌新綠與櫻花仍在窗外搖曳著。過去撕裂的心，還是可能有修復的一天。

正如春天仍會再來一樣，我們的心也具有自然的治癒力，可以修復自己所受的傷。如果人類缺少這樣的治癒力，我想就沒有人還會想要帶著「心」這種不方便的東西過一輩子了。

接下來發生的事就是後話了。

後來，音川帶著痛哭之後尚餘淚痕的臉，前往P'PARCO。當然是在崇仔與兩名保鑣的護衛下。我沒有跟過去，因此沒能看到那四個男的臉色如何變得鐵青。

根據音川的描述，那一刻他真是如釋重負。這也難怪，在他的短短人生中，有將近三分之一的時間一直遭受那些人威脅。他說崇仔指著他對那群人說道：

「這位音川榮治從今天起就是G少年的一員了，禁止你們靠近他或和他講話。」

真厲害的行政命令。那群人開始發抖，答應了崇仔。在池袋這裡，G少年的勢力是絕對的。只要音川待在池袋，他們絕對不敢再靠近他一步。

十天後的週末，千裕又找我到她家去。這次沒必要再冒充她男友了，也不必帶花或穿西裝。無花可收固然讓千裕表示有些遺憾，但她卻完全沒提到想再看我穿一次西裝。

享用過阿司精心製作的大餐後，到了喝茶時間。此時阿司說：

「雖然無法開一間自己的店，但我想到了別的好主意。」

出自阿司的想法，毫無疑問一定帶有某種魅力。就在這麼想的時候，阿司在桌上攤開速寫簿，上頭畫著一幅中型巴士的草圖。

「這輛是千裕和我的義大利麵巴士，午餐時間我們會開出去賣，菜單只有前菜與義大利麵。這樣的話，即使我只能站三個小時，應該可以勉強撐下去。」

巴士旁邊畫著一個似乎在哪裡看過的男子，不是阿司也不是我。他有一頭立起來的金色短髮，是音川。

「這個是……」

阿司有點難為情地說：

「從那之後我和他又聊了好幾次。不瞞你說，以前我經常會作關於那次事件的惡夢，深受其苦。但自從那天和榮治在咖啡店碰面後，惡夢就完全消失了。我還和他去喝過一次酒，他一面哭，一面說要代替我的右腳。」

千裕以無可奈何的語氣說：

「我勸我哥不要這樣做，但他就是這麼固執。」

我看著這位未來大廚的雙眼。那是與初次見面時一樣明亮的雙眼。

「榮治也住在池袋，所以不逃避他、找他說話是最好的。真的很謝謝你，阿誠。」

我看著速寫簿上以彩色鉛筆描繪的七彩巴士，似乎已經聞得到陣陣飄散的大蒜與橄欖油氣味了。

「這種快餐巴士一旦出現在街頭，我一定會經常光顧的。你的義大利麵真是太棒了！」

不過我沒有告訴阿司，那天他在咖啡店與音川碰面時所展露的笑容更棒。他不把音川當成野獸而是當人來看，並且與音川握手，當時的表情實在絕佳。我沉默地把手伸到餐桌上。就像那天下午在咖啡店，阿司用柔軟的手握住了我的手。

我大概是瘋了吧？握著男生的手，竟然能這麼感動。

我想一定是因為春天到了。生物天生無法違反季節而生存，無論是滿開的櫻花、繞著花枝飛翔的小鳥，或是我真島誠和你一定也都如此。

池袋ウエストゲートパーク

站前無照托兒所

你難道不覺得，如果看得見別人的欲望，事情會變得很簡單嗎？位於人類心底最隱密的欲望。現在假設原本只有自己知道、不向任何人說的欲望，會顯示於當事人額頭的小型螢幕上；假設液晶螢幕的大小和手機差不多，算它兩吋左右好了，只要面板夠精細、性能夠好，就可以看得一清二楚。

池袋西武百貨販賣高級品的六樓，走道是乳白色的義大利大理石。年逾五十、有身價的老頭，和年輕的酒店小姐手勾著手走在一起。老頭額頭上的螢幕顯示酒店小姐快要爆開的F罩杯，是紫色的蕾絲胸罩、進口貨，乳溝的深度足以把頭埋在裡面窒息而亡。酒店小姐額頭的螢幕則顯示閃耀著光芒的奢華粉紅金錶，是鑲有碎鑽的卡地亞新款手錶。在高級品牌專櫃接待顧客、表情平靜的美麗店員，額頭上的螢幕顯示著散發熱氣的天丼，是八樓美食街天一餐廳的上等天丼。她應該是因為快要打烊，肚子餓了吧。

就像這樣，三個人都知道對方心裡的需求是什麼。如果整個世界都如此，那麼無論你想要的是鑲鑽手錶、大胸部，或是各式各樣的丼飯，就沒有必要感到難為情了吧。這三樣東西的任何一樣，都是極其正當的欲望。老頭以金卡支付手錶費用後，酒店小姐額頭上的螢幕瞬間就變成愛馬仕的鱷魚紋柏金包了。如果這是喜劇片的一幕，應該還滿有趣的。

然而，在這種一切都攤在陽光下的世界裡，如果你擁有的是禁忌的欲望，該怎麼辦？這些欲望光是顯示在額頭的螢幕上，就可能被當成是犯罪，像是想要砍斷某人的手腳，或是希望某人遇刺、被槍殺、被勒死；或者是五歲男孩像桃子一樣長著胎毛的渾圓臀部；或是偷來的、印有動畫角色圖案的幼童內褲組之類的畫面。這些都是具衝擊性的禁忌畫面。這樣一來，你還能若無其事地走在池袋街頭嗎？你額頭上的螢幕，都已經明確顯示「我是蘿莉控」了耶。

今年從梅雨季到夏天，我一直認真在思考，如果真有這樣的螢幕該多好。

因為，這樣子我們就可以知道，哪些大人看起來西裝筆挺，私底下其實是惡名昭彰的戀童癖患者了。這次我要講的故事，是關於小男孩以及身體已是大人、內心卻還是小男孩的男子們。

坦白說，我真的很慶幸自己不是蘿莉控。因為每個人投以欲望的對象是什麼，都不是由自己決定的，而是壞心眼的神或某種力量像在射飛鏢一樣所決定的。黑色飛鏢如果沒射中，我甚至可能會是個男同性戀兼超級性虐待狂，同時又是個偏愛嘔吐物、排泄物的戀童癖患者。

池袋的梅雨天空有多少雨滴，欲望的組合就有多少種。

兩者都是無限大。

梅雨季雖已進入後半，我卻仍然感到相當厭煩。始終是大雨、小雨、毛毛雨在循環。厚厚的雲層蓋住整個池袋天空，不但每天都很悶熱，我們水果行裡的水果也很快就會發霉。豐香草莓等貨品才剛從市場進貨，一翻過來看，塑膠包裝卻整片都是白色的黴菌。這種溫室栽培的東西，都比較不抗黴菌。

這時候的池袋不光是不景氣而已，還很和平。沒有被色狼襲擊而大叫的美女，也沒有被搶走所有財產、被丟在路邊的老人。但也因為太過平靜，負責顧水果行的型男麻煩終結者，完全沒有出場機會。

不過，東京果然還是不錯。由於住了這麼多的人，所以每隔一段時間，東京的某個角落一定又會有沒大腦的人再度惹事，正適合讓我打發無聊時光。

下著雨的晚上十一點，就連池袋站前也看不到幾個人，只有霓虹燈與紅綠燈朦朧地映在雨天的路上。

就在我準備打烊，正要把人行道上的紙箱收進店裡時，一雙潔白無瑕的皮鞋映入眼簾。是一雙Crockett & Jones的白色壓花懶人鞋。西一番街這兒只有一個傢伙會這麼騷包。我頭也不抬地說：

「沒打個電話就突然跑來，真少見啊，崇仔。」

「嗯，我也是突然被叫出來的。」

居然有人能夠突然把池袋的地下國王安藤崇給叫出來，到底是何方神聖？我抬起頭看他。這傢伙和我不同，是貨真價實的型男。光靠眼神，眼前的年輕女子就會不支倒地。他的眼神擁有鏈鋸般的威力。白色牛仔褲搭配胸口敞開的白色卡布里麻質襯衫，隔著衣服看得見乳頭，像是某個剛從旅遊勝地回來的電影明星。我以腰部出力，抬起裝著堆了兩層美國金吉達（Chiquita）香蕉的紙箱。在構圖上我倆很像是要掩人耳目的明星與幫他提行李的小弟，但這就是我的工作，沒辦法。

「能馬上叫得動你，應該是很了不起的大人物吧。是羽澤組還是京極會？」

我把香蕉搬進店裡，又走了出來。他以一副事不關己的表情說：

「如果是那種職業人士要找我，下雨天我才不理會。白褲子一下就弄髒了。找我的是G少年。」

我摘下一根裝在籃子裡的香蕉，往崇仔胸前丟去。他原本插在口袋的手像閃電一樣抽了出來，抓住飛過去的香蕉。我也拿了一根自己吃。

「但你不就是現任國王嗎？你上面應該沒有人了吧？」

崇仔盯著那根浮現茶色斑點的菲律賓產香蕉，好像看到什麼有趣的東西。

「國王這位子也會代代相傳啊，我必須好好對待已經引退的歷任國王才行。如果在我這代養成不照顧他們的壞習慣，哪天等我退位可就不妙了。」

我剝開香蕉皮，向崇仔點頭。還那麼綠的香蕉，大家竟然都吃得下去。香蕉明明應該等到表皮失去水分、有點乾時才最好吃，我大剌剌地吃著香蕉說：

「那麼，找你的是前一任國王嗎？」

「沒錯。喂，有沒有人說過你很沒教養啊？」

崇仔抓著香蕉，不可思議地盯著我看。

「大家都這麼說呢，主人。您在享用香蕉的時候，是不是都得拿刀叉才行呢？」

我模仿電影裡那種美國南方奴隸的配音腔調。崇仔露齒笑道：

「你終於知道自己的身分啦，我很高興。拉上鐵捲門後，就跟我一起去吧。真治哥緊急找我。」

「遵命，長官。我知道了，主人。」

我這無知的黑手關了店門、向老媽報備會晚點回來後，就和崇仔步入夜晚的街頭。我聞到某種麻煩的氣味。雖然雨水讓濕度達到百分之百，但是在夜晚的街道上走走倒也不錯。可惜有個問題——和國王走在一起，老是會有迎面而來的小鬼向他敬禮。煩死人了。

在等紅綠燈時，崇仔告訴我關於前一任國王的事。他叫菅沼真治，直到五年前左右，都還是池袋G少年的國王。我對這個人完全不熟。

「他的人望或許比我還好。真治哥靠的不是拳頭，而是靠這裡在帶領大家。不過當時G少年的人數還很少啦，團隊也給人一種很居家的自在感。」

崇仔一面說，一面指著自己的胸口。他的傘是細細的銀柄，似乎是正牌的九二五純銀。我的傘只是三百圓的中國製塑膠傘。

「你那把傘到底值多少錢啊？」

「喂，不是在講前一任國王的事嗎？這是倫敦的傘店手工製的。偷偷跟你說，一把要價十五萬。真治哥他……」

我嘆了口氣，打斷他的話。

「最近無論翻閱哪一本男性雜誌，都會覺得這個世界真是瘋了。一雙鞋要十萬，一件夾克要二十萬，一只手錶要一百萬。每次我都不可思議地覺得『這麼貴，鬼才會買！』，不過你這種人似乎就是會買。」

我這麼感嘆之後，崇仔突然在雨天的人行道上把黑色大傘遞給我。

「我拿它和你的塑膠傘交換吧。真治哥應該沒什麼錢，這把傘就當成這次請你幫忙的報酬。收下吧。」

崇仔露出認真的表情笑道：

「也當成好吃香蕉的謝禮。反正我本來就很討厭在雨天撐傘走路，看起來太蠢了。」

因此我們兩人交換了雨傘。即使撐的是塑膠傘，國王還是國王，看起來仍然像個電影明星。至於我，只是一個撐著高價雨傘的黑手。過了斑馬線後，崇仔以下巴向前方比了比。

「真治哥就在那棟大樓裡，至於是哪一層，你猜猜看。」

我抬頭看著位於站前圓環旁、有多個商家進駐的古老大樓。

一樓是咖啡廳，二樓是高利貸，三樓是色情按摩，四樓又是高利貸，五到七樓是正流行的站前英語會話補習班，最高層八樓的窗戶上有大大的字樣寫著「池袋KIDS GARDEN」。

前G少年的工作地點？我讀著二樓與四樓的電光招牌。

「不是Loans富士山，就是Ambitious。如果都不是，就是那家叫『飛天女孩』的色情按摩。」

「很遺憾，是KIDS GARDEN。」

「那個不是幫小朋友準備考試的補習班嗎？」

我經常走過那棟大樓前面，所以聽過店名。那層樓一直到半夜燈都亮著。

「不是。上樓的時候要安靜一點，那裡是無照托兒所，園長是真治哥。走吧。」

於是我們兩人走進帶有尿騷味的老舊電梯，搖搖晃晃上了八樓後，我們走了出去。眼前的牆壁上掛著一塊白板，四周貼著色紙做成的花，很像一個畫框，正中央以粉紅色麥克筆寫著「歡迎光臨！池袋

KIDS GARDEN」的字樣。

打開右手邊的白色防火門後，崇仔低聲說：

「晚安，真治哥，你在嗎？我帶他來了。」

我跟在崇仔後面走進去，被眼前的景象嚇了一跳。鋪著地毯的寬廣空間攤著兩排棉被，沉睡中的小朋友們隨心所欲展現各種睡姿。室內的日光燈還是開得亮亮的。從裡頭走出來的男子看到我們，點頭致意。

「噢，真是不好意思啊，崇仔。」

是個三十歲出頭的男子，留著性格的鬍鬚，身穿牛仔褲與印有托兒所LOGO的黑色T恤。他把拖鞋放到我們跟前。

「進來吧，我們到那邊談。」

我們穿過兩排棉被，往窗邊移動。有幾個保母穿插著躺在孩子們之間，或許是為了照顧睡相差的孩子吧。時間已經過了晚上十一點，卻還有小朋友不肯睡。

真治、崇仔和我在擺放於窗邊的木製長椅上坐下。前任國王對我說：

「你就是真島誠嗎？我聽過許多你的傳說。真不好意思，突然找你來。」

他以渾圓的眼睛一直凝視我。與其說他是個無照托兒所的園長，還不如說是某家靈魂樂酒吧的老闆。為什麼G少年的歷任國王都是這種型男呢？如果型男才有王位繼承權，我實在要大表不滿。

「反正日子很無聊，沒有關係。那麼，到底是什麼樣的麻煩？」

前任國王與現任國王面面相覷。崇仔淡淡地說：

「這個世界充滿了變態。在池袋這裡，喜歡小孩的男人就像大腸菌一樣四處蠕動。」

崇仔說的話總是很有道理。不過老百姓的苦惱往往難以傳達到國王耳裡，因為消息傳上來時，早已被過濾得乾乾淨淨。

「托兒所這裡也會為變態所苦嗎？」

真治蹙著眉，看了沉睡中的孩子們一眼。接著，視線轉向其中一個體型比別人大一號的男子背影。

「先別講我們這裡，講講整個池袋好了。這幾年池袋每個地方都曾傳出傷害小朋友的性犯罪案件。有的私立小學還裝設了學童一走出校門就會自動通報家長的裝置。池袋周邊的兒童遊樂場所每天的巡邏次數也比以前多了一倍。」

警官的工作真是辛苦。要從一群成年男性裡找出戀童癖患者，就像要在不打破蛋的狀況下分辨是水煮蛋還是生蛋一樣困難。每個人的外貌看起來都很正常，只是欲望會各自投射到相差十萬八千里的不同對象身上而已。

「池袋的蘿莉控狀況我已經知道了。但和這家托兒所又有什麼關係？」

我講完這番話後，園長放低了音量說：

「那邊那個是我們這裡的見習保母，問題出在他身上。他雖然腦筋比較遲鈍，卻是個打從心底喜歡小孩的男子。」

我似乎露出了奇怪的表情，真治連忙說：

「不是那種『喜歡小孩』啦。由於傳聞他是蘿莉控，有些做父母的開始擔心起來。我已經好好和他們溝通過了，但仍有父母不放心。」

混在孩子群之中，那個男的就像一座突出的小山。他穿著和真治一樣的黑色T恤，剃了個五分頭。

「他叫做系村哲夫。我要委託你幫忙的事，就是證明哲夫是清白的。可以的話，最好以人人都能相信的方法證明。」

我差點就說出「這是什麼鬼委託」，但崇仔以眼神阻止了我。如果要我找出某個壞傢伙，我倒可能辦到，但要我用人人都能信任的方式證明某人絕對不是蘿莉控，這可能嗎？我遲疑地說：

「如果哲夫有這種傳聞出現，應該有跡可循吧。你心裡有沒有譜？」

實在很難選擇要用什麼口氣和前任國王講話。如果是現任國王，什麼玩笑我都敢開。

「有。今年年初開始，池袋西口就不斷發生欺負孩童的事件。西池袋公園、上屋敷公園、御嶽北公園以及池袋本町公園都發生過，不是小朋友差點被人帶走，就是有人想要摸他們的身體。發生特別多起的是丸井百貨後方的西池袋公園，那裡現在每天有警官巡邏四次，但每隔幾週還是會發生一次類似案件。」

我試著想像住在池袋的變態。如果喜歡成熟女人幫忙排遣寂寞，池袋這裡有各種價位、服務的色情業者任君挑選。但那個變態卻在馬路邊的公園裡專找小朋友開刀。園長繼續低聲說：

「很不巧，哲夫住在靠近西池袋公園的公寓裡。一到週末，他都會到公園閒晃。而且因為他喜歡小孩，身材壯碩的他還會去找小朋友玩。巡邏的警官還曾帶著哲夫前來，希望我們證明他的身分。」

「那問題不就很簡單了，叫哲夫不要靠近那座公園就好了。如果他沒進入公園，卻還是發生這類事件的話，就可以證明犯人不是他了。」

真治微微搖了搖頭。

「其他任何事他都願意聽我的，唯獨這件事哲夫不願意。他喜歡平常在這兒照顧小朋友，週末就到公園裡和小朋友們自由玩耍，他說這是他的生存意義。」

太熱心於工作也很讓人困擾啊。真治站了起來，朝棉被堆走去，在一個睡到露出肚子的小朋友身上蓋了毛巾被。真治又走到哲夫那裡，在他耳邊說了些什麼。哲夫小心不發出聲音，悄悄從被子裡爬了起來。他露出「一切安好」的笑容，微笑著朝我們這裡走來。

「辛苦了。兩位是偵探先生與國王大人吧，園長已經告訴我了。」

他一直保持著燦爛的笑容。身為國王的崇仔事不關己地說：

「哲夫，你想和誰做愛？」

他的臉紅了起來，一直紅到五分頭的額頭邊緣。哲夫結結巴巴地說：

「我、我、我不做愛。雖然我並不是不想做，但沒有人要和我做。」

真是坦率的男子。他的性生活和我差不多嘛。我同情地說：

「你想做愛的對象，應該不是小朋友吧？」

哲夫依然滿臉通紅，用力搖頭。

「不、不、不是啊。我想和大人做，長得漂亮的大人。」

崇仔與我面面相覷。我倒不一定要漂亮的女人才行，只要那個女人有主見，魅力就倍增了。聰明女人都是很性感的。崇仔笑著說：

「我也和你一樣。他叫阿誠，會幫忙證明你是無辜的，明天起要聽他的話。你聽好，這是真治園長下達的工作命令，知道了嗎？」

身高一百九十公分的哲夫用力點頭。

「我知道了。我會聽誠哥的吩咐。」

真治走回我們這裡。他看著手錶說：

「這些孩子的媽媽們差不多要來了。你們就當成在參觀吧。哲夫，該忙了。」

我也看著手上的G-Shock手錶，還差十分就是午夜零時了。大部分小朋友都在被子裡睡覺。這家托兒所現在開始才是尖峰時段。

午夜參觀托兒所。人不管活到幾歲，都有新奇的東西可以看。

午夜剛過，第一波人潮到來。

電梯等待區排起了夜晚的蝴蝶行列。剛結束池袋站周邊的酒店或俱樂部工作的媽媽們，全都集合過來了。在玄關處和媽媽們打招呼後，園長真治會告訴她們隔天的一些注意事項。有很多瑣碎的事項，像是補充尿布、洗睡衣、開生日會等等。當然，孩子們當天的狀況如何，園長也會一一告訴家長。

在園長與媽媽們交談時，哲夫會抱起還在夢鄉的小朋友，帶到媽媽面前；有的小朋友睡眼惺忪，有的則因為突然被吵醒而不高興地哭了起來。好像在打仗。把孩子與當天帶來的東西交還給酒店小姐後，才算完成一人份的工作。每一對母子的應對時間再快也要四、五分鐘，所以三十分鐘一下就過去了。在點著明亮日光燈的站前托兒所裡，這樣的事每晚都在上演。養育孩子麻煩到這種地步，難怪會出現少子化的現象。

我一直觀察著哲夫的行動。如果他真的對小孩有性方面的欲望，應該至少嗅得到一點氣息才對，但他卻完全沒有給我那樣的感覺。不過到了第六個孩子的時候，哲夫的眼神稍微變了，眼睛就像是丟進火裡的玻璃，受熱後整個變圓。那是個看起來才三歲左右的瘦小男孩，臉不知為何扁扁的。

「廣海，樹里小姐來接你回去囉。」

五分頭的哲夫輕聲叫醒男孩。他輕輕抱著睡眼惺忪的小男孩，往玄關走去。正在和真治交談的，是個穿著黑色露肩薄綢禮服的女人。如果用一句話來形容，就是個豔麗美人。裙襬如海草般下垂，蓋住緊實的大腿。崇仔似乎注意到我一直在看她，對我說：

「你喜歡這種類型的呀，阿誠？」

「不是，這種酒店小姐型的，我最難招架了。」

即便如此，我根本連一次酒店也沒去過，因為沒錢。

「哎呀──小廣海，你精神這麼好──」

廣海的媽媽醉了，以高亢的聲音講話。這應該就是對待客人的聲音吧。哲夫帶過去的那個小男孩，開心地抱住穿著黑色禮服的媽媽。他小小的右手抓住媽媽露出來的肩部，像是在彈十六分音符，不斷在她細緻的肩膀上點呀點的。好奇怪的習慣動作。

「真是謝謝你了，哲夫。」

夜之女伸腳往前，親了哲夫的臉頰。哲夫的臉又紅到脖根去了。

「你看那邊。」

我在窗邊的長椅上低聲說道。廣海的樣子似乎與其他孩子不太一樣。崇仔說：

「那是家長獻上的感謝之吻嗎？這種工作還不錯嘛。哲夫好像只有對待那個孩子特別不一樣。」

我沉默地點點頭。老師和保母也是人，特別喜歡或討厭某個小朋友是很正常的。那個女人與廣海有注意的必要。

⚜

從那時起一直到最後一個媽媽帶走孩子為止，我都待在托兒所裡。過了零時四十五分，午夜的這個樓層已經沒有任何小朋友了。哲夫與其他女性保母一起收拾被子、做些簡單的清掃，並且為隔天的工作預做準備。

我和崇仔一起走到真治那裡。園長露出疲倦的神情說：

「如何？無照托兒所的夜晚就像這樣，比在街上蹓躂累得多吧。」

我有同感。有照業者根本不可能代替父母照顧孩子到這麼晚吧。延長至午夜過後的托兒服務，政府機構也不可能認可。我欽佩地說：

「不過虧您想得到這樣的生意呢。」

真治搔了搔頭。

「以前我曾經和有孩子的酒店小姐交往過，她經常說沒有安心的地方可以代她照顧孩子。一到傍晚，池袋的酒店小姐就多得離譜，所以我想這樣應該足夠把生意做起來吧。」

商機到底會從什麼地方冒出來，沒有人知道。

「那個叫廣海的小男孩是？」

真治略微搖了搖頭。

「他先天有點問題，別看他那麼瘦小，其實已經五歲了。」

「他的媽媽呢？好像喝得滿醉的。」

「她叫西野樹里。在常盤通一家叫做『紅吊襪帶』的酒店裡，她是第一紅牌。也是個為了孩子從事夜間工作的母親。她經常會喝得太多，這點倒是頗讓人擔心。」

她到底是純粹愛喝酒，還是因為工作非得喝到這麼醉不可呢？我不知道。將孩子委託給這家無照托兒所照顧的每個母親，生活似乎都遭遇到某些問題。這一點，大多數生活在池袋社會底層的其他人也是如此。

我和崇仔向園長告辭，先離開托兒所。崇仔搭上前來接他的賓士RV時說：

「這次是與G少年相關的委託，你就自由使用我的手下吧。不過可別用得太招搖啊。」

電動窗戶平順地升了上去，擋住了他那張小白臉。我心想，要到哪天才能有自己的賓士車呢？或許我一輩子都不會有這樣的日子吧。不過我倒沒有為此特別不甘心。

後來我坐在這棟建築前的欄杆上，等哲夫下班。我很想在雇用他的園長不在的地方稍微和他聊一聊。凌晨一點多，一個壯碩的男子走了出來。哲夫已經把那件上面印有托兒所LOGO的黑色制服T恤換掉，改穿其他白T恤了。胸口印著不知道是哪一代的假面騎士。一注意到坐在雨中的我，哲夫那張疲憊的臉笑了。那是一種解除自身武裝、顯示「你不是敵人」的笑容。

「誠哥，園長還要一陣子才能走喔。」

「沒關係，我是想找你講話。方便聊一下嗎？」

哲夫露出天真無邪的表情點點頭，站到欄杆前面。

「對了，你為什麼會想從事托兒所的工作呢？」

哲夫一副認真思考的表情，看起來好像外國演員喔。真是個易懂的人。

「從以前我就一直很喜歡小孩子。我的頭腦不好，同年齡的人都不和我玩。我經常和比自己小的孩子一起玩。我也沒有考取什麼執照，沒什麼公司要用我。但KIDS GARDEN並不在意這些，真治園長也對我很好。」

所以才找無照托兒所是嗎？或許是很適合他的工作。

「假日你都做些什麼？」

「我大概都還是待在池袋吧。總覺得其他地方好可怕。」

我拿頻頻發生的公園孩童騷擾事件問他。

「你經常去西池袋公園嗎？」

「會啊、會啊，那是離我家最近的公園，從房間窗戶往下就看得到，步行只要十秒。」

哲夫開心地說道。我還是完全看不出這個大男孩心中的欲望。給他行動能量的，真的只是單純因為「喜歡和小朋友玩」嗎？

「喂，那個叫廣海的小男孩，對你來說是不是很特別？」

哲夫的臉好像被聚光燈照到，整個亮了起來。

「是啊，廣海是個很乖的孩子。接下來他應該會過得很辛苦，但我希望他多加油，和我一樣。」

我不由得笑了。

「和你一樣是嗎？」

「沒錯，和我一樣。即使有人說我是笨蛋或傻子，還是要開朗活下去。」

他的話刺中了我的心。

「大家如果都能這麼過活就好了。明天起我也要像哲夫一樣努力唷。」

壯碩的他靦腆地笑了，就像表情變來變去的太陽雨。

「偵探先生你已經很有成就了啦。白天你賣水果，晚上你追壞人，如果在電視裡，已經是了不起的英雄了。」

我向他道了謝，從欄杆上站了起來。我和哲夫交換手機號碼，問了他隔天的預定行程。

「和平常一樣，下午三點起會到托兒所，大概忙到凌晨一點結束。」

他的工作是晚上陪伴孩子。與其感嘆少子化，不如找一百個地方成立二十四小時營業的熱鬧托兒所吧！我目送著漸漸遠離站前圓環的哲夫背影。

翌日是梅雨季的缺口，天空略微放晴，讓人覺得悶熱。早上十一點過後，我開了店。這種季節生意不會太好，白天市場都會自動公休。大致說來，每逢這種日子老媽的心情都會特別差。我排好水果、和老媽說要出去一下時，她狠狠地瞪著我說：

「阿誠，為什麼你老是追著別人的屁股跑呢？如果把這種積極態度拿來賣水果，我們家就能像隔壁一樣變成大樓了。」

我在腦海中想像在這片小得可憐的土地上，蓋了一棟有多個商家進駐的建築。第一真島大樓。不過絕對不可能有第二棟。

「蓋大樓要幹嘛？」

老媽露出牙齒有點邪惡地笑著，像一隻母狐狸。

「當然是收房租，然後每天玩耍啊。」

「要不要開個托兒所之類的？」

老媽斜眼看著我說：

「如果我的孫子要讀，是可以考慮開一家。但你應該沒有這方面的規劃吧？」

「我出門了。」

我慌張地離開位於西一番街的水果行。總覺得再和那女的講下去，一定會聊到很糟糕的話題上。我還想以獨身無小孩的二十歲青年身分多活幾年呀。不過這也不是什麼好事就是了。

西池袋公園位於丸井百貨後方的西口五岔路角落，是橫長型公園。裡頭種了很多樹，地形高低起伏，無法從一頭直接看到另一頭。我繞著因前一天的雨而呈潮濕狀態的公園內部走。除了單槓、鞦韆、溜滑梯等常見遊樂器材外，還有以網子圍起來玩球用的廣場。這公園一半是兒童的遊樂場所，一半則是給在都市工作的大人們放鬆用。正當我走下起伏的步道時，聽到前方有人叫我。

「誠哥。」

我一抬頭，看到濃濃綠意的對面有一棟砂色的建築物，哲夫在三樓窗戶向我揮手。

「嘿，你要不要下來一下？」

「請等一下，我十秒就到。」

我慢慢數著數字。事實上還不到十秒，哲夫就出現在公園入口處了。由於已近午餐時間，公園裡漸漸出現穿著涼鞋的粉領族，不過這時候幾乎看不到什麼小孩子，大家應該都還在幼稚園或小學上課。

哲夫確認過手錶後，自豪地說：

「真的十秒就到吧。你在我家附近做什麼呢？」

我看著道路的那一側，有台紅色的可樂自動販賣機。

「等我一下。罐裝咖啡可以嗎？」

要想想怎麼處理突然跑來的哲夫，得爭取時間。原本我只是想先偵察一下傳說中這片蘿莉控出沒的危險地帶，倒還沒有想好要怎麼做。我買了兩罐小罐咖啡，走回哲夫那兒。我們在潮濕的長椅上坐下，不知所以然地乾杯。哲夫似乎相當開心。

「我沒什麼和我同年齡的朋友，總覺得我們這樣很像朋友，真謝謝你。」

光是在梅雨稍歇之時，一起在公園喝罐裝咖啡，就算是朋友？那當朋友也太簡單了點。

「那麼，下次我們再找個好天氣一起在這裡乾杯吧。對了，哲夫為什麼假日也要跑到這座公園？」

哲夫臉上的表情消失了。

「我想和小朋友們玩。」

他的表情和剛才不同，變得比較僵硬，好像在隱瞞什麼。我直覺這麼想。

「還有別的理由嗎？」

他以僵硬的語氣說：

「沒有了。」

「是嗎？那就好。但哲夫你應該也知道吧，池袋這裡一直發生欺負小朋友的案件，這座公園尤其嚴重。警官應該也會來巡邏吧。」

哲夫點點頭，把咖啡罐放在長椅上，彎著手指數道：

「早上十一點、下午一點、三點和五點，一共巡邏四次。週末或例假日也一樣。」

我訝異地看著他。

「你還真清楚哪。」

只要一有人稱讚哲夫，他就會坦率地開心起來。他一臉「這不算什麼」的表情，張大了鼻孔說：

「只要每天觀察，誰都看得出來。每次出事都是在週末。」

我回答「沒錯」。有個不知打哪來的男子假日時經常跑到特別熱鬧的公園，鎖定在那兒玩的孩子。

哲夫的臉變得好認真。

「唔，誠哥是不是想把犯人揪出來呢？」

我差點回答他「沒有，只要證明你是無辜的就夠了，逮捕蘿莉控犯人是警察的工作」。但我還是這樣回答：

「嗯，是啊。」

哲夫伸手握住我。他的手掌又厚又溫暖。

「那我們就有相同的目標了。就是要擊潰孩子們的敵人，讓孩子們無論何時都能在公園裡自由玩耍，沒錯吧？」

哲夫似乎老愛講一些讓人很難持反對意見的話。我點點頭。

「今天起我就來當偵探先生的徒弟吧。師父，要請你多指教了。」

我怎麼突然變成哲夫的師父啊？我抽離和他相握的那隻手說：

「我知道了。請多指教。」

我還是第一次收這種身材壯碩的徒弟。雖然不會讓我覺得不舒服，但也不會讓我感到開心。我這種人根本不適合收徒弟。

我在西池袋公園與哲夫道別，回家時腦中想的全是公園的配置圖。那裡的地形那麼複雜，要去除所有死角就必須派人在五個地方監視。還好這次有G少年任我使喚，真是開心。

我靠在丸井百貨的柱子上，拿起手機按下自己記得的那個號碼。代接的是個聲音像聲優一樣可愛的女生。我報上名字後，馬上就轉接給崇仔。

「幹嘛？那件事有沒有進展？」

國王的聲音很冷，讓人完全摸不著邊際。

「可不可以叫剛才那個女的聽啊。以後我就向那個女的報告好了。」

「噢，她好像是你的粉絲喔，因為阿誠你的傳說也不少嘛。」

這是今年以來第一則令人振奮的消息。我連忙問崇仔：

「真的嗎？」

「騙你的啦。她有個同居的男人。所以，事情如何？」

「總有一天我要把你送上斷頭台。我的想法是，暫時就先在週末監視西池袋公園。」

我簡要地向崇仔說明所需人數與配置，也提到哲夫的住處離那裡超近。靜靜聽我講完的國王說：

「由他來當你這個大好人的徒弟，真是再適合不過了。阿誠也一起去和小朋友們玩吧！小朋友會比女人適合你唷。」

我不覺得他是在開玩笑，反而認真思考他的提議。我要變成池袋這裡的麥田捕手。公園的一側，深不見底的懸崖張著大口，崖底有無數的蘿莉控男子正在等著，我和哲夫會出手拯救即將跌落懸崖的孩子們。這故事好像還不錯。

那天下午，沒有什麼可以採取的行動，我一如往常在家顧店。我從四疊半房間的CD架上拿出保羅·杜卡斯（Paul Dukas）的專輯。他的作品《魔法師的弟子》，是根據歌德知名的敘事詩重新創作的音樂交響詩。聽起來感覺格調很高，不過這首曲子之所以有名，也是因為迪士尼動畫用它當配樂的緣故。

故事講的是魔法師的弟子趁師父出門時施展了不夠純熟的魔法，而把整個屋子弄得都是水的幽默情節。曲子聽起來也很可愛。不過，我一面看著沒有客人的店面，一面想像哲夫趁我不在身邊施展黑魔法的樣子。他變身為魔人，把小孩子當成洋芋片一樣放進口中，發出細細的骨頭碎裂的聲音。我還無法完全信任哲夫。他實在太老實了，老實到讓我無法相信。

監視公園的第一個星期六，是略微多雲的天氣。兩人一組的G少年與G少女共十人在西口公園集合，從正午到傍晚六點為止的六小時，他們每兩小時換一次班進行監視。只要我沒顧店，也會盡量到公園露臉。

崇仔一一向他們握手致意，對他們的辛苦表示欣慰。G少女們都露出「這樣子，死了也值得」的表情。這世界真是瘋了。最後國王站在圓形廣場旁邊說：

「現場就由阿誠擔任你們的總指揮，發生任何事，都先向他報告。這次的對象是欺負小朋友的變態，你們要睜大眼睛好好把他揪出來。阿誠，你有什麼話要說嗎？」

全體的視線集中在我身上，臉上都寫著「這傢伙明明不是G少年成員，為什麼可以指揮我們」的表情。男的都穿著XL的大兩號T恤，以及垂著下緣的寬鬆牛仔褲；女的則相反，都穿著強調身材曲線、貼身剪裁的衣服或七分褲。腳踝這部位照理說男女是一樣的，但女生的腳踝還是比較好看。無可奈何之下，我只好開口說：

「大家看起來不像警察，所以應該還好，但還是請各位低調一點，不要被他察覺。如果讓這個蘿莉控男子逃走，這次的任務就付諸流水了。如果確實看到對方企圖帶走小孩，就先報警再通知我。總之就是不擇手段，也可以盡情痛毆他。」

G少年的小鬼們只有在聽到這句話時眼睛才亮了起來。如果光是要他們一直坐在椅子上監視別人，實在是很痛苦的一件事。

「好，解散！」

國王一聲令下，我們各自從不同路線前往西池袋公園。

我安排了幾個監視地點：圍著網子的遊樂區、階梯上方的廣場，兩組人馬安插在設有遊樂器材的那個重要角落；最後則是隔著單線車道對面、位於建築物二樓的咖啡廳。

G少年與G少女們分別錯開時間，若無其事地前往預先設定的地點，一面裝成情侶笑著聊天，一面展開監視行動。公園裡的時鐘剛好十二點。漫長的等待開始了。

星期六的公園帶有一種悠閒感——附近的大學生在綠色網子裡踢著迷你足球賽；星期六也要上班的上班族，午飯吃得比平常還好整以暇；一過中午，住在附近的家庭也會有父母帶著孩子來這兒玩。樹木在梅雨季呈現深綠色，看起來實在不像位於都市中心的公園，雖然從劇場大道彎進來就到了，卻十分安靜。在池袋，只要稍微遠離車站就是安靜的住宅區，這裡的鬧區比起新宿或澀谷還小。但是連這麼平靜的地方，也混進了形同有毒害蟲的人類。

任何花都會有蟲子跟著，也有那種還沒開花之前就破壞花蕾的蟲子。如果可以一眼看穿誰是正常人類、誰又是有毒害蟲，該有多好。陽光從略微多雲的空中灑向公園，我一個人想著這樣的問題。

同時也感嘆，好好一個大男人竟然會有這種不可思議的欲望。

約莫一小時後，哲夫穿過公園入口走了過來。他四處閒晃，一發現我，就變得像小狗一樣加快腳步跑來。負責監視的G少年們，視線都集中在他身上，整個公園陷入緊張。這次監視的對象不只是蘿莉控男而已，還包括這個壯碩的見習保母。我坐在沒有設置孩童遊樂器材的廣場邊緣，一張附有屋頂的長椅上。哲夫在我旁邊坐下說：

「要不要再喝罐裝咖啡？」

上次陪他喝咖啡乾杯，他似乎還滿開心的，一直保持微笑。這時，有個男的從遊樂區的長椅上站了起來；是個留著微燙長髮、有點胖的上班族，拎著黑色公事包，穿著讓人看了好熱的深灰色西裝。看起來似乎沒什麼問題。我對身旁的哲夫說：

「今天你打算做什麼？」

「今天沒什麼事要做。剛才我從房間窗戶看到誠哥。」

「哲夫要一直待在這裡嗎？」

講話速度慢的保母沉默了。他沒頭沒腦地說：

「呃……今天還不太清楚。」

他是不是和誰約在公園呢？設成震動模式的手機在我的牛仔褲口袋動了起來。

「我是阿誠。」

「這裡是斑馬。警察來巡邏了。」

「斑馬」是在二樓那家咖啡廳監視的那一組的代號。過一陣子，兩個年輕警察騎著腳踏車出現在入口處。他們停了車，徒步進入公園。緩緩巡過公園四周後，他們又去檢查公廁及垃圾桶內部。我一直看著手銬，估算他們大概多久會再回去牽腳踏車。

兩人在公園裡的時間不到四分半鐘。兩個小時才巡一次，每次不到五分鐘。蘿莉控男如果不算太笨，應該也知道這樣的巡邏方式吧。連哲夫都知道他們的巡邏時間，我看隨便一隻猴子都很清楚。

我看著多雲天空下的公園發呆，度過兩個小時。身旁的哲夫努力地解著漢字謎題。我已經好久沒看到有人舔鉛筆尖了。順帶一提，像「演奏」這樣的漢字，你寫得出來嗎？

那天我沒什麼收穫，只多認識了一組新漢字。

隔天星期日，是個雨天。一大早我就透過聯絡網通知大家暫停監視。

這次的監視地點在戶外，而且是公園，下雨天小朋友根本不會出去玩，所以暫停監視，就和幼稚園遠足一樣。一到週末，為了看天氣預報，我都會很早起床。單純的「晴天」或「雨天」一目了然，但「晴轉雨」或「雨轉晴」這類降雨機率百分之四、五十的日子，就比較難判斷。

這種季節的天氣真的很難猜測，這讓我開始尊敬起氣象預報員。無論是氣象衛星或超級電腦，其實都不可靠。

接下來那個週末，我們也繼續監視工作。

那兩天的天氣預報讓我們總算得以繼續進行任務。星期六正午，五組共十人的G少年與G少女分組行動後，便進入漫長的等待。哲夫和上週一樣，不到一點就現身。上週我的手機震動，以及遠方長椅上的男子起身，也差不多是一點前的事。我看到一個留著略燙長髮、有點胖的男子，好像在哪裡看過他。我問身旁的哲夫：

「上星期是不是也看過那個男的？」

當時他穿的是灰色西裝，這次則是格子短袖襯衫與卡其褲。雖然服裝不同，但似乎是同一個人。哲夫說：

「我記得他，師父。每次警察要來巡邏之前，他就會離開公園。」

我差點叫出聲音。雖然我認得是同一個男人，卻沒有注意到這種時間方面的細節。

「幹得好，哲夫！或許他就是我們要抓的人。」

我馬上拿起手機，連開機鈴聲都等不及了。

「這裡是斑馬。」

「我是阿誠。從你們那兒看得到那個格子襯衫男嗎？他現在正慢慢走過鞦韆前方，準備離開公園。」

兩個小學女生用力盪鞦韆，互相叫著「再往空中盪、再往空中盪高一點」。那人的眼神很冷漠，像是看見美味獵物的蜥蜴。

「知道了，誠哥。」

「給我好好盯著那傢伙。如果換班的人來了，就一個人去跟蹤他沒關係。」

「了解。」

我切掉手機。男子一離開公園，巡邏的警官差不多就到了。他們悠閒地停好白色腳踏車。太呆了吧，警方居然以為只要在固定時刻做同樣的事就夠了。就是因為這樣，猥褻事件才會層出不窮。兩個年輕警察在公園裡閒晃，像是悠閒地在散步。五分鐘後，他們又離開了。我的手機響了起來。

「這裡是斑馬。那個男的又回來了。」

他是不是躲在哪裡偷看警察？穿著制服的警察一離開，他又跑回兒童遊樂區的長椅上，視線緊盯著鞦韆上的兩個女孩。

「我幫那個男的取好外號了，現在開始就叫他『長椅男』吧，他是最優先監視的對象。」

由於太過在意，我一直在那兒等到下次警察前來巡邏。我一面和哲夫瞎聊，一面度過兩小時。他又開始玩漢字謎題了，這次我學到的是「妨礙」的漢字。漢字可真是無限多啊。

下午三點，又到了巡邏時間，警察快到之前，長椅男又站了起來。我對哲夫說：

「BINGO！你踩到他的狐狸尾巴了。」

我們的監視行動愈來愈刺激了。不知道對象是誰的時候，大家必須分心注意很多人，感覺很難監視；一旦對象確定，鬥志就整個提升了。雖然每隔兩小時就換班，大家卻頻繁地利用手機互相討論。

然而長椅男沒有動靜，也不靠近小朋友，只是偶爾會露出笑容向經過的小朋友搭訕。大多數孩子都露出狐疑的眼神，沒有理他。

「哲夫，今天可以再麻煩你一下嗎？」

眼前站著一對母子，是池袋的酒店紅牌小姐西野樹里和她的兒子廣海。廣海手裡拿著一只玩具喇叭。他媽媽穿著一件群青色的夏季洋裝，白皙的肌膚與鮮亮的藍色真是搭配，微妙地散發著華貴氣息。廣海穿著Denim的短褲以及胸口濺到柳澄汁的T恤，看起來實在不像是出門穿的衣服。樹里似乎注意到我，輕輕向我打了招呼，然後微笑著對哲夫說：

「今晚我不會太晚回來，廣海就麻煩你了。」

她在講什麼啊？今天是星期六，哲夫又不上班。樹里把瘦小的廣海推向哲夫，快步往車站方向走掉了。洋裝下擺晃呀晃的，蓋住了她美美的小腿肚。

「今天不是休假嗎？為什麼還要幫她照顧孩子？這件事園長知道嗎？」

廣海把喇叭對在嘴上向我猛吹，好像在說「不准欺負哲夫」。哲夫溫柔地對廣海說：

「可以去玩溜滑梯，溜個十次沒關係。」

廣海睜大了眼，一副「可以溜這麼多次嗎」的表情，向溜滑梯跑去，背影又瘦又小。他一句話也不說，是因為語言發展略微遲緩嗎？不過我本來就不熟悉幼兒的成長過程。哲夫小聲說道：

「這種事果然還是應該告訴園長嗎？」

「我不知道。但再怎麼想，假日有人在托兒所以外的地方拜託你照顧孩子，不是不太好嗎？」

哲夫舉起右手，指著一棟高樓。那是最近剛落成的四十多層建築。

最上層有幾間似乎還沒售出。不過我覺得這種超高層大樓並不適合池袋，反正有個太陽城已經很夠了。

「西野小姐就住在那棟大樓裡。由於住得近，我經常會在這兒碰到她，久而久之她開始請我幫忙帶廣海。假日的時候，她也有很多事要忙，像是血拼啦、上美容中心之類的。」

我實在很想說「或是去和男人約會」。哲夫靜靜地繼續說：

「我沒有什麼朋友，假日經常會來這裡發呆。她願意讓我照顧廣海，我也很高興。」

利用別人的好心，趁機把自己的兒子推給他照顧，這個酒店小姐還真敢。廣海沒有一秒鐘是安靜的，一直像隻小猴子一樣動來動去。看他一下反方向爬上溜滑梯，一下繞著溜滑梯跑，一下又鑽到溜滑梯下方，總覺得他媽媽很少讓他在外面的公園玩。

「所以你週末才會跑來這座公園是嗎？為了陪那孩子玩。」

哲夫難為情地點點頭。

「我知道了。這件事我不會告訴真治哥，反正和蘿莉控事件也沒什麼關係嘛。」

這只是那個叫樹里的媽媽與哲夫之間的問題而已。雖然哲夫被利用，我也沒有什麼立場干涉。

「對不起，師父。」

哲夫在長椅上縮起龐大的身軀。

「沒什麼好對不起的吧。等一下那個孩子怎麼辦？」

哲夫又露出那種讓人融化般的視線，看著在玩溜滑梯的廣海。

「讓他在這兒玩到傍晚，然後帶去我家一起吃晚餐。廣海大概八點就會睡了，然後就等樹里小姐來接他。」

個人經營的無照托兒所是吧。

「她應該沒付你錢吧？」

「對。」

我已經無話可說了。這和我接受委託解決麻煩一樣，只是因為想接就接，不需要任何明確理由。

「我問完了，你去陪廣海玩吧。」

我就這麼一直看著身軀龐大的哲夫與身材瘦小的廣海一起玩耍。與其說他們像父子，不如說像是年紀差距較大的兄弟。廣海雖然不太會表達，但是哲夫還滿能理解小朋友的想法。安穩星期六傍晚的西池袋公園。不過盯著他倆看的，不是只有我一人。

第二週的星期六，長椅男直到最後都沒有行動。

對於沒有行動的對象，即使是G少年也難以出手。長椅男只是在公園內散步，或是在小朋友附近閒晃而已，像是在嗅聞獵物的氣味。只有在兩小時一次的警察巡邏時間，他才會離開公園，並且準時在五分鐘後回來。在我們這個社會裡，沒有什麼法律可以約束那樣的人。即使他看起來再怎麼可疑，只要沒有實際犯案，就拿他沒辦法。

真多虧他，星期日發生的事著實讓我冷汗直流。每次事件都在我沒有做好萬全準備時突然爆發。

⚜

星期日下午，第一通手機響起時，我人還在西一番街的水果行。

「這裡是斑馬。」

「怎麼了？」

「昨天那對母子，正在和長椅男講話。」

不祥的預感。我快步從站前圓環往西口五岔路走去，卡拉ＯＫ店的龍形招牌在我頭上左右搖晃著它的長脖子。

「我知道了。趕快告訴附近的小組多加留意。」

「不好意思，換班的人遲到，現在長椅那邊完全沒人顧著。」

「你說什麼？趕快打手機叫公園裡的其他小組往長椅移動。」

「了解。那個媽媽把孩子託給長椅男，離開公園了。」

我差點沒叫出來。他們原本就認識嗎？我對著手機大喊：

「哲夫不在附近嗎？」

「他今天還沒有來過公園。」

「長椅男的穿著是？」

「白色與深紅色相間的長袖橫條紋襯衫，還有牛仔褲。」

我按捺不住地跑了起來。假日的池袋大街，人行道滿滿都是人。我無視於紅綠燈，穿過路口，推開兩旁的人潮狂奔。斑馬說：

「長椅男把小朋友帶到樹蔭處，看不見了。我現在出去找他們。」

「我馬上就到。盡可能把他們找出來。」

我切掉手機，全力往前衝。厚厚的雲層下，路的前方有棟超高層大廈高聳入雲地矗立著。我全身流著冷汗，奔向都市中心的公園。

一面跑，我一面打電話給哲夫。

「哲夫嗎？」

「怎麼了，誠哥？」

我呼吸急促，好不容易才說得出話來：

「現在、你在、哪裡？」

他好整以暇地回答：

「在我家。」

「趕快去公園看看，廣海應該已經來了。」

我聽見「嘎啦」拉開鋁窗的聲音。哲夫的口氣很著急。

「我看不到廣海。」

「你應該不是長椅男的朋友吧？」

「不是啊。為什麼這麼問？」

我在西口五岔路的路口停了下來。再怎麼趕時間，也沒辦法在紅燈時逕自穿越多達六線道的大馬路。

「那個酒店小姐不知為何把廣海託給長椅男，自己跑掉了。」

「我也到公園去找找。」

我們結束通話。

我在七十秒後抵達西池袋公園。一臉蒼白的哲夫與G少年已經在寬廣公園的正中央集合。

「找不到廣海嗎？」

沒人回答。我對哲夫說：

「你知道那個叫西野樹里的女人的手機號碼吧？趕快打給她，叫她過來。其他人以公園為中心擴大搜尋範圍，找出那個小男孩。」

哲夫拿出自己的手機。

「誠哥你呢？」

我已經在通訊錄裡找號碼了。

「我和你一樣打電話。現在我要使出絕招了。」

接手機的是上次那個聲音像動畫角色的女生。

「我是阿誠。」

「啊，國王跟我說，阿誠很喜歡我的聲音。」

我急到不行，很大聲地對她說：

「吵死了！趕快叫崇仔聽。」

受了傷的她為之啞然。一會兒崇仔的聲音出現了：

「怎麼啦？洋子受到嚴重打擊，現在說不出話來。」

這是緊急狀況，國王和平民都一樣。我對國王大吼：

「廣海被帶走了，不到十分鐘之前發生的。趕快動員全池袋的G少年，把廣海找出來。」

不愧是崇仔，腦子動得快，光靠拳頭可是無法在這條街上當國王的。

「了解。綁走他的人是？」

我把長椅男的外貌與今天的穿著告訴崇仔，同時用眼神向哲夫示意，確認廣海是不是有什麼特徵。

哲夫對著我沒聽手機的另一側耳朵說：

「誠哥，喇叭，廣海都會帶著喇叭。一有什麼事，他就會吹它。」

我照實轉述給崇仔聽。切掉手機後，我問哲夫：

「廣海的那只喇叭，有什麼意義嗎？」

哲夫似乎如坐針氈，身體一直微微地動來動去。

「這一代的假面騎士❶是以喇叭與太鼓當作武器，用聲音的力量打倒怪獸。」

難怪上次我對哲夫大小聲的時候，廣海那孩子拿著喇叭對我吹。

「這附近有沒有廣海想去的地方呢？」

梅雨季裡暫時放晴的星期日，池袋到處人山人海。眾目睽睽之下，長椅男照理說不可能強迫小朋友跟著他走，而是帶著廣海到他想去的地方才對。時間拖得愈久，對我們愈不利。之前兩次監視，已經確定長椅男沒有開車。

哲夫雙手抱頭，拚命想著。

「廣海喜歡來西池袋公園，以及大都會廣場的Ducky Duck咖啡廳，他很喜歡那裡的巧克力戚風蛋糕，還有就是……太陽城地下的玩具反斗城。」

我馬上拿出手機，再次撥給崇仔，要他召集附近的G少年全力往這三個地點集中。切掉手機後我說：

「認得廣海長相的人最好分散到不同的地點。我去Ducky Duck，哲夫去玩具反斗城。聽好了，一找到人，馬上抓住長椅男。」

我的雙腳已經自動準備要跑起來了。從西池袋公園到西口的大都會廣場，用跑的不到五分鐘。我忘了講一件事，又向哲夫補充道：

「你聽好，你就坐計程車去找他，總之先跟廣海媽媽說她兒子被綁架了，叫她趕快報警。連星期日都要自己跑出去玩，這女人真糟。」

哲夫露出有點難過的表情，但仍跟著我一起跑。到了劇場大道，他跳上計程車，我直接往西口五岔路跑去。我並不清楚那個長椅男屬於哪一種變態，腦海中只是不斷浮現瘦小的廣海眼睛睜得大大的、抬頭看著成年男子的景象。

那是小朋友猛然看到怪物脫下披著的人皮時，會出現的眼神。我和跟在後面的兩名G少年一起跑過池袋的街道，就像從這一地下到另一地的雨。

Ducky Duck位於七樓電扶梯旁邊，店前的長椅坐滿了排隊的人潮。現在是星期天的下午，這麼擁擠也是正常的。我跟店員說要找人，進入不是很大的店裡環顧了一下。不是女生結伴就是全家共遊，沒有成年男子與小男孩的組合。仔細想想，成年男子與小男孩的組合其實在街上也很少見，因為日本的父親在假日還是一樣忙碌。

我留下一名G少年在那裡守著，跑向通往東武百貨的連絡通道。東武的玩具賣場商品很齊全，不輸玩具反斗城。我很快繞了一圈鐵軌模型、樂高與變身戰隊周邊的賣場，沒有長椅男的身影。我再把另一名G少年留在這兒，走回Ducky Duck。

❶指二〇〇五年一月三十日至二〇〇六年一月二十二日，每週日在朝日電視台播出的《假面騎士響鬼》。

我心裡的焦慮愈來愈深。廣海到底消失在池袋街道的哪個地方呢？我呆呆地站著，看著另一側電扶梯。許多盛裝打扮的家族或情侶搭乘電扶梯上上下下，鏡中映出無數個幸福表情。那種表情不屬於先天心智有障礙的廣海，或是住在池袋卻一個朋友也沒有的哲夫。之所以有這麼多人能夠幸福過活，也是由少數人的不幸襯托出來的。這樣一來，這個世界才能平衡。

這個世界充滿了高品味、卻毫不關心別人的人類。正當我快被絕望想法壓垮時，手機響了。哲夫的聲音充斥著快要爆發開來的喜悅。

「找到廣海了！在太陽城的露天座位、星巴克前面那裡。現在G少年已經抓住長椅男了。」

手機那頭聽得見警車鳴笛聲。

「廣海沒事吧？」

哲夫似乎一時驚嚇過度，哭著對我說：

「他沒事。廣海和長椅男獨處時，似乎變得很不安。一開始我們在Alpa裡到處跑，都沒有找到他；但是露天座位一傳來廣海的喇叭聲，我馬上就認出來了，聲音聽起來相當害怕。在過不久，警察與樹里小姐就會趕來這裡。」

「了解。我等一下也會過去。」

⚜

準確來說，我抵達貼著茶色磁磚的露天座位，是六分鐘後的事。池袋市區其實沒有多大。一看到聚集了很多看熱鬧的人，我就知道地點了，是在一個很寬的樓梯間。警察銬上穿著橫條紋襯衫的長椅男，正要帶回警察局。他的雙眼就像在牆上開個大洞，完全沒有任何表情，也沒有試圖遮住自己的臉。

我走向哲夫。廣海的母親抱著廣海在哭，我們這位見習保母只是微笑站在那兒看她們母子相擁。我不由得大聲斥責她：

「都是因為妳把廣海託給奇怪的人照顧，才會引發這麼大的騷動。為什麼要把孩子交給他？」

她的身旁放著高級名牌購物包。淚流滿面的酒店小姐抬起頭看我，是因為在哭嗎？還是從事特種行業造成的呢？雖然是個美人，卻給人一種蒼老的感覺。她眼中燃燒著怒氣說：

「那個男的親切地說他是哲夫的朋友，說哲夫等下就到，他可以先幫忙顧孩子。你根本一點都不懂女人獨自扶養孩子有多辛苦！反正我沒資格當他的母親，在孩子出生前也是，當時我就沒有好好對待他了。」

我不懂她的意思。警方在遠方看著我們。我沒說話，樹里又吼道：

「害這孩子心智出問題的就是我。他的生父不知道逃到哪兒去了，我一直很擔心，自己一個人把他生下來之後，能否好好把他養大？那種不安讓我受不了。他還在我肚子裡時，我每天都喝酒。廣海出生時，體重只有一千七百公克而已。醫生說他是『胎兒性酒精症候群』，所以語言發展比別人慢，身體也會比較瘦小。都是我的錯！」

我已經無言以對了。養一個孩子，實在不像解決一起事件那麼簡單啊。但我如果不說些什麼，又好像難以釋懷。

「即便如此，但妳連假日都把孩子丟給哲夫幫忙照顧，不太好吧？」

樹里猛然抬起頭瞪我。

「那你要我怎麼做？只要這孩子在身邊，我就會覺得他不斷在責備我。他明明這麼瘦小，腦子的發展這麼遲緩，我還是一直覺得他在怪我。未來要怎麼辦，我也不知道。或許廣海這孩子沒出生還比較好吧。」

瘦小的廣海似乎什麼也不懂，只是一手拿著喇叭，另一手以痙攣般的頻率撫摸著母親的頭。原本一直低著頭的哲夫慢慢地抬起頭說：

「因為我頭腦不好，所以並不是很清楚，不過樹里小姐真的很辛苦。廣海也很辛苦。未來大家都會碰到辛苦的事。不過，廣海可沒有覺得自己不該出生到這個世界上。我雖然工作也做不好，但我也沒這樣想過呀。廣海，用喇叭吹出你現在的心情吧！」

小男孩把玩具喇叭對準嘴巴，用力吹出聲音。一開始吹得很大聲，維持好一陣子，最後那段吹得更大聲。他就以這種方式反覆吹奏喇叭。最後，廣海把喇叭從嘴邊拿開。

「媽──媽、媽──媽、媽──媽。」

他一面撫摸樹里的頭，一面笑著叫她。

「廣海，我的乖寶貝！」

被媽媽緊抱著的小男孩，一臉開心地抬頭看著哲夫。中年的警官走了過來，拍拍樹里的肩膀。

「要請妳和我們回池袋警察署說明一下案情。」

樹里抱著廣海站了起來，迅速向哲夫和我點點頭。我們沉默地目送母子倆跟著警官走下露天座位的樓梯。空中，雲朵與光線正上演一場壯麗的秀。太陽從雲縫露出臉來，讓池袋的街頭四處充滿透明而溫暖的光帶。

我拍拍哲夫的肩膀說：

「你真是最棒的徒弟。別喝什麼罐裝咖啡了，我們用星巴克的冰拿鐵乾杯吧！」

長椅男名叫仲原雅樹。根據報導，他在東京出生，三十五歲。仲原在成年後的十五年間，有十一年半是在牢裡度過的。每次一出獄，他就會因為性侵幼童再度遭到逮捕，這已經是第五次被抓了。今年一月他出獄後，似乎就在池袋住下來。針對轄區內的其他幼童相關案件，池袋警察署也會追查是不是仲原所為。

我唯一知道的，就是這類事件不會就此打住。這種擁有扭曲欲望的人，一定會不斷地犯同樣的過錯。他們會一直拿自己的頭，以可能撞壞頭部的速度用力去撞社會那面牆。害自己變成欲望玩物的，就是他本人啊。真是一具可悲的玩偶。

由於協助逮捕仲原，池袋警察署頒發感謝狀給哲夫。我親眼看見橫山禮一郎署長讀出獎狀內容，再交給哲夫的場景。警察線的記者們不斷閃著鎂光燈拍照，真是一場盛大的表揚會。

頒獎儀式結束後，禮哥跑來找我。

「這次的事件，阿誠你又參一腳了嗎？」

我刻意裝出吃驚的神情說：

「哪有？這次我什麼都沒做，是哲夫一個人的功勞，我只是在旁邊看著而已。不過那傢伙其實是我徒弟啦，呵呵。」

警察署長一臉狐疑，帶著手下警官走出了會議室。說真的，我這次還真形同什麼也沒做，全都是哲夫的功勞。

收到一個好徒弟，當師父的就樂得輕鬆了。今後我是不是應該多收幾個徒弟？

幾天後的傍晚，我跑去站前托兒所。由於時間還早，小朋友們都還沒到。除了哲夫週末特別幫人帶孩子的事情外，我把一切全都告訴G少年前任國王，讓他知道哲夫有多麼活躍。

夕陽照進窗戶，將室內染成一片金黃，這時酒店小姐們帶著孩子來了。哲夫一一與媽媽們打招呼，叫著孩子們的名字。在帶孩子前來的隊伍之中，我看到了西野樹里，她向我點頭致意。

「從那天起，廣海就一直媽——媽、媽——媽地叫個不停，吵得不得了。阿誠先生，下次來我們店裡玩吧，我請你一瓶酒。好了，媽媽要去上班了，廣海要乖乖的唷！」

瘦小的男孩吹著喇叭回答媽媽。歐洲一些教堂的畫作，經常可以看到有天使在吹著角笛，對吧？我不知道那樣的笛子會吹出什麼聲音，但我想應該與廣海用塑膠喇叭吹出來的聲音是一樣的吧。因為，那是一種很輕柔、很開朗又很單純的聲音，不但將烏雲從池袋的梅雨天空中吹得一乾二淨，還喚來有如剛擦過的鏡子一般的夕陽。

所以，從站前無照托兒所回家的路上，我的幸福感比平常還要濃得多。

後來，我並沒有去那家廣海母親是第一紅牌的酒店，我想未來應該也不會去。樹里邊哭邊抱著瘦小兒子的臉孔，是我見過她幾次之中最美的一次。我可不想在她們店裡看到她對男人露出賺錢用的標準笑臉，因而破壞了對她的好印象啊。

池袋ウエストゲートパーク

池袋鳳凰計畫

你也是個愛乾淨的人，對吧？

連一隻蟲、一個病原菌都沒有，像手術室一樣乾淨的街道。灑了水之後，光亮得連柏油路面似乎也能舔下去的高雅道路。街上沒有任何一個穿著迷你裙拉客或發傳單的可疑女人，也沒有非法風俗業者或坑錢酒吧。生命裡無可避免的危險與威脅，全都被趕出這裡了。這種經過殺菌漂白的鬧區，還會讓你想要出門嗎？我想你會露出「毫無欲望」的表情吧。

我們日本人，或許都遭受一種「凡事都該好好管理」的強迫觀念所驅使，只要一有人生病，就會想把地面上所有細菌與病毒一掃而盡，大家會在街上消毒、打預防針、一天洗三次手、出門回家必定漱口；只要犯罪率一增加，就徹底取締外國人，色情業者也徹底掃蕩。管它是益菌或壞菌，全都關進拘留所後，再依自己的好惡決定就行了。

不過，我們的人生應該不是只有黑白兩色才對。無論是一塵不染的無瑕純白，或是毫無光澤的終極黑暗，你應該都沒看過吧？我們每個人都是灰色的，打從出生開始，就分到相同分量的光亮與黑暗。我不是為了耍帥才這麼說，但人活著不就是這樣嗎？在不同的時刻，我們會在自己也沒察覺的狀態下或做壞事、或做好事，辛苦地過著並不怎麼樣的每一天。

我很不能適應太過乾淨的環境，我最討厭什麼「淨化」啦、「重建良好治安」這類字眼。一聽到淨化這個詞，我最先想到的是世上到處都在發生的種族淨化（ethnic cleansing），或許你會說那是東歐和北印度的事，跟日本無關。

不過今年秋天，以「重建良好治安」為名，在池袋副都心發起的行動，其實和南斯拉夫或印度、巴基斯坦邊境的狀況相去不遠，只不過對象換成日本人與旅日外國人罷了。所有外國人都被帶到警察局，警方再從持有簽證的人身上，問出他們有哪些朋友沒簽證，然後將沒簽證的人直接強制遣返。真是亂搞一通的除菌作戰。而且不只是外國人，日本人經營的非法風俗店也遭到同樣對待。殲滅外國人與非法色情的作戰，這是實施於池袋鬧區的焦土戰術。

這年頭，世界已經愈來愈沒有界線了，他們卻還拚命在人與人之間拉出一條區隔線。結果，沒有人成功地把時間拉回過去的美好時光，反而在池袋留下了深深的傷痕。這些傷口要痊癒，應該需要很長的時間吧。

他們以「池袋鳳凰計畫」為名所實施的作戰，是一種近代醫學問世前的殺菌方法：受傷的時候不是使用消毒藥，而是拿火去燒傷口。但不光是池袋，每個地方都有無數的傷口，只要哪個地方有人生存，就是如此。如果全都毫不留情燒光的話，又會對有生命的街道帶來多大的傷害呢？

可別說池袋的可怕作戰和你沒有什麼關係。請想像一下，如果你拿高溫的熨斗熨在跌倒的擦傷傷口上，什麼樣的慘叫聲會從你的口中傳出來呢？今年秋天，我們在池袋這裡發出的慘叫聲，就和你的慘叫聲一樣。

十月的池袋，仍殘留濃厚的夏日餘韻。龍捲風、颱風，以及如夏日般的不穩定氣候，據說都是地球暖化惹的禍。這麼說來，我之所以覺得日子這麼無聊，也是氣候異常害的囉。從夏末到現在，我整個人一直懶洋洋提不起勁，就算每天睡得再飽也沒用。人家說季節變換之際身體最容易出狀況，當夏天的最高氣溫一直飆升的同時，我的慵懶程度也跟著達到最高潮。

不過我的情緒低落，倒不光是氣候的緣故。從兩個月前開始，池袋就整個陷入混亂。自某個晚上起，池袋的街道始終因為受到驚嚇而縮在一起。八月中某晚十點，西口的劇場大道與東口的太陽60通出現了灰色巴士的蹤跡。根據目擊者（大部分是在路上拉客的男男女女）的證詞，對於究竟來了幾輛巴士，有不同版本的說法。有個男的說兩地各有三輛；有個菲律賓人則說巴士多得像一面牆，擋住了整條路，像是發生了戰爭。那是一面由載著機動隊、窗戶有鐵絲網的灰色巴士所構成的牆。

到底有幾輛那樣的巴士開到池袋，我並不知道正確數字，不過倒是知道有多少警察坐著警車前來。西口有六百名、東口有五百名，警視廳與入國管理局總計一千一百名男子，無預警襲擊了池袋街頭。這些數字是隔天報紙公布的。當局應該是想藉此宣示，他們正努力地將池袋「打掃得乾乾淨淨」吧。東京都的官員唯有對數字特別準確。

星期五晚上，腰際掛著警棍與短槍、頭戴鋼盔的年輕機動隊員，封鎖了風俗區主要幹道的兩側。據說他們直到當天為止，也不知道上頭要派自己出什麼任務。這次行動的成果十分豐碩：從八月十二日深夜到十三日清晨所實施的全面取締行動，一共逮捕外國人男女兩百三十七人，同時也搜查了包厢式按摩店等二十九家風俗業者，以及與黑道營運相關的十一處民宅。

這就是所謂的「八一二衝擊」，沒有一個池袋人不知道這件事。

隔天早上，在街上拉客的那些外國人都不見了，那些男男女女全都消失在池袋。全軍覆沒之後的夜晚，路上只聽得見少數牛郎與黑人的拉客聲。這些來自非洲各國的黑人並沒有簽證的問題，所以可以繼續工作下去，比起來自其他幾十個國家的外國人——不，比起全球所有友邦的人們都幸運。

事情要回溯到八月十二日的前一個星期。

池袋商店會緊急召集了大家。不巧我家水果行提早放了暑假，因為老媽和女校時期的老友去輕井澤旅行，我也沒和什麼女生有約，就在不明所以的狀況下跑到豐島公會堂看看。

傍晚六點，豔陽仍然高照，空無一人的講台吊著一張大看板，上頭寫著「池袋鳳凰計畫」，感覺像是什麼「諜對諜大作戰」。正當我把玩著手機，想著當晚要去找誰玩時，講台右側走出一個男的，整齊地穿著深藍色西裝。那件西裝不但剪裁好，也很合身，應該就是所謂的Cool Biz❶吧？他沒有打領帶，裡面穿著深藍色的直條紋襯衫，是領子較高的Due Bottoni襯衫，也就是衣領的地方有兩個鈕扣、有點騷包的那種。

講台旁的電子布告欄秀出東京都副知事瀧澤武彥的名字，他是少見的俊俏政治家。此時鼓掌的商店會女性比男性還多；不過，池袋商店會的女性本來就比較有活力啦。副知事神經質地摸了一下麥克風，看著正前方。

「池袋的各位，你們已經準備好與黑道組織作戰了嗎？」

現場開始騷動起來。我打從心底感到訝異，池袋與黑道組織之間，有著怎麼切也切不斷的關係。想想看逾百個設在池袋的黑道堂口，它們就和牙周病菌一樣，在任何人的牙齒上都能存活，有時候還會做點壞事。但是一來既不可能完全清除它們，二來人一旦處於全然無菌的狀態下，反而會因難以呼吸而窒息。

俊俏的副知事繼續說道：

「大家都說治安惡化了，但這次東京都與警視廳下定決心要好好合作。我們把重點放在新宿、池袋與六本木三個地區，要在今年夏天來場名符其實的掃黑大作戰，而這絕對少不了各位地方居民的充分合作。為了打造孩子們能安心遊玩、觀光客也能在夜晚安心出門的街道，請各位務必通力合作。」

他這番話確實滿有道理。他一說完，老舊公會堂的觀眾席就傳來此起彼落的掌聲。不過，這傢伙雖然嘴上這麼說，但他到底知不知道這件事有多困難？我無言地看著講台上的副知事。

「我們要讓戰後數度撐過嚴峻時期的池袋，像鳳凰一樣再次復活，這正是以『治安重建計畫』命名的原因。在商店會的部分，我們已經請有志之士成立了『鳳凰會』，各位若有決心一戰，請務必加入！」

現場傳出女生以高頻大叫「好帥！」的聲音。幹嘛，把副知事當成「勇樣❷」了嗎？瀧澤微笑看向聲音的來源說：

「多謝。明年我會投入都知事的選舉，而且在不久的將來，應該也會投入全國大選。到時候我瀧澤武彥恐怕會有些要請各位多多關照之處，請大家要記得我喔。」

現場響起中老年與會者如雷般的掌聲。不過幾分鐘的演講，瀧澤就緊緊抓住了在池袋過得不很富裕的居民們的心，連明年「都知事選舉」也聰明地宣傳了。真是個狠角色。

---

❶クール・ビズ：當時擔任日本首相的小泉純一郎於二〇〇五年夏天所提倡的環保活動，透過「盡可能不打領帶」以及「辦公室冷氣調在二十八度」等方式，節省能源並減少二氧化碳的排放。

❷在日本走紅的韓國男星裴勇俊。

我翻開會場的簡介手冊，看看瀧澤的經歷：畢業於東京大學法律系，進入警界工作。調到警視廳之後，三年前接受現任知事的延攬，辭去警視廳的職務，擔任專責治安的副知事；才四十七歲而已，就有堪稱完美無瑕的亮眼經歷，要當國會議員應該是指日可待。涉世未深的我，擅自在心裡這麼想。

瀧澤演講隔天，位於劇場大道郵局前方的東京都健康中心大樓，在十樓與十一樓有了一些變化。十一樓設置了直屬警視廳本部的「組織犯罪對策部」，入出境管理局的池袋辦公室則是搬到了十樓。

如果你是外國人，想要找尋近在咫尺、方便無比的地方辦理入出境手續，建議不要去那裡。那兒可沒有什麼態度親切的辦理窗口，因為它完全不經手這方面的業務，只是個專門舉發非法滯留者的支局而已。

於是，惡夢般的八月十二日到了。

那是池袋街頭一夕大變的日子。

一切如瀧澤所言，他是來真的。池袋街上的主角，變成警官與入出境管理局的職員。經由嚴格的舉發，外國人酒吧、包廂式色情按摩，以及在路上拉客的外籍男女，只要覺得可疑，全都不見蹤影。因為這樣，以前那些掏錢買水果的醉客，也都不來了。

好一個健全的池袋。一過晚上十一點，連西一番街這裡也沒什麼人煙了，就像鄉下溫泉的車站前。拜此所賜，我家的水果行門可羅雀。原本生意就不是很好了，這下子業績更是要命地慘跌。

真不愧是來自某位大人物的偉大計畫。咱們這隻鳳凰，像隱形轟炸機一樣從制高點四處撒下火花。他們大概以為，只要將一切燒個精光，空無一人的街道就會自動變安全了吧。拜託，哪位官員或政策制定者都可以，請你們從雲端走下來，到街頭站看看。你們口中所謂的安全、清潔、健全，到底從別人手中奪走了什麼。這樣一來你們應該就會知道，大家只是尋常的人類而已，無論你們做的事再怎麼正確，我們也無法在一片火海中存活下去啊。如今池袋的街道，不折不扣正是這副模樣。

秋天就在這般陰鬱的狀況下到來了。

我們在好不容易蓋起來的簡陋小屋裡，做好迎接火鳥來襲的準備。我把豐水的梨子、富士蘋果與義大利產的蜜思嘉（Muscat）葡萄擺在店頭，一邊祈禱著秋天到了、一切可以回復以前的模樣，一邊像平日一樣顧店。現在有這麼多警官，連我的副業「麻煩終結」也無用武之地了。我向二樓的老媽叫道：

「我去散步一下！」

聽得見老媽大大地嘖了一聲，從樓上大叫：

「你又來了。今晚鳳凰會要開會，等時間差不多了，要早點回來啊！」

「是、是、是。」

她又嘖了一聲。我家老媽太有氣質了，真是不好意思。

「『是』回答一次就夠了吧！」

我聳聳肩，出門上街去。雖說是「上街」，但只要踏出狹窄的店門口，其實也等於回到了屬於我的地方。在烈日當頭的這個時刻，池袋的人潮也沒什麼變化。我一如往常準備巡邏有著燙傷痕跡的池袋街道，從西一番街拐入浪漫通。

鳳凰的火鳥威力實在強勁，原本幾家賣無碼DVD的店，全都拉上了鐵門。經過ROSA會館，我在路尾的十字路口站定。真是厲害，直到夏天為止還占滿這棟七層大樓的色情按摩業者，招牌全都翻白了。而且不全是一棟、兩棟地倒閉，有些地方雖然不是整棟倒閉，卻像拔牙一樣這邊倒一家、那邊倒一家，反而更加醒目。這麼一來，感到困擾的不只是色情業者了，租給他們開店的房東也很難付房貸吧。

「你當我是哪裡的無名小卒嗎!?」

正當我雙手盤在胸前，抬頭看著池袋的狹窄天空時，傳來一個男人的叫聲。自從展開全面取締以來，已經很少聽到這種正牌的黑道式口吻了。幾個男的往聲音的來源小跑步過去，似乎是想看熱鬧。我也慢慢跟在後面。那裡是西三番街的小巷子，有個穿著白襯衫、打著蝴蝶領結的小鬼被兩個男的圍住了。

「你這傢伙，不知道這裡是哪裡嗎？」

語氣很像黑道的那個男人，穿著黑西裝、黑襯衫，梳了個飛機頭，還戴了條金項鍊，體格應該有美式足球守門員那麼壯。就是他揪著小鬼的胸口。應該是他在巡地盤時，小鬼誤以為他是客人，開口和他講了話吧。對黑道而言，面子就是一切，被別人當成是逛大觀園的鄉巴佬，任誰都會瞬間腦充血。穿白襯衫的小鬼發著抖說：

「不是的，我並不是要跟您講話，而是要向那邊那位客人講話……對不起。如果惹您生氣了，真的很抱歉。」

站在黑襯衫男後方、穿著休閒皮外套的小個子以生鏽般的聲音說：

「那又怎樣？你在池袋混飯吃，竟然連豐島開發也不認識嗎!?」

雖然一眼就看得出他們是那一類的人，但連我也分辨不出他們到底屬於哪個組織。豐島開發，那就好商量多了，他倆應該不會想向這種小鬼勒索吧。黑襯衫男突然緊握拳頭，揍了小鬼的臉，叩一聲發出鈍鈍的聲音。我離開人群，往前踏了一步，放低姿態向對方說：

「這樣子差不多了，請你原諒他吧。他不過是認錯人而已，不是嗎？」

黑襯衫男鬆開抓住小鬼胸口的手，示威般地挺胸轉向我。

「搞什麼，你這傢伙，以為自己在對誰說話？」

我打從出娘胎以來就生活在池袋，對於黑道的威脅早已司空見慣。

「我沒什麼特別的理由，但你們若在這裡鬧事，搞不好『烏鴉』也會跑來喔。再說，最近不是取締得很嚴嗎？」

「烏鴉」指的就是警察。黑襯衫男似乎還想說什麼，但休閒皮外套的小個子阻止了他，對我說：

「你也是道上的人嗎？哪個組織的？」

他的雙眼一動也不動。我好怕。我既非G少年成員，更不屬於連腳尖都還沒踏進去的黑道組織。再說，有哪個道上兄弟像我這麼時尚啊？

「我和任何組織都沒有關係。不過你們豐島開發有我認識的人，我打個電話，再請他和你們講吧。最好能夠就此打住，現在鳳凰計畫不是正如火如荼展開嗎？」

誰也不知道那隻火鳥何時會飛來。我拿出手機，選取豐島開發辦公室的電話。我之前曾經從綁架犯手中救出社長多田三毅夫的長子多田廣樹。不過綁走這位「計數器少年」的犯人，倒是多田的太太雪倫吉村查出來的。

我說有事找多田，但接電話的男子說社長目前外出無法接聽，因此轉由專務代接。我報上名字，耳邊響起沙啞的說話聲：

「你是那時候的真島先生嗎？少爺受您照顧了。」

我只去過豐島開發總公司一次。這位專務也參加了那次「行動電話的鑑賞會」。

「哪裡。其實是有一點事想請您幫忙。」

我簡要描述了西三番街這裡發生的爭執，他說「了解」，我便將手機遞給穿休閒皮外套的男子。電話一靠到耳朵，小個子馬上就半弓著身子講話，只差沒行禮。

「是、是，遵命……是，我們馬上收手。」

電話一掛，他把手機還給我。黑襯衫男似乎還不清楚發生了什麼事。休閒皮外套男說：

「你就是真島誠呀？我聽過你的名字，是個走紅的年輕人對吧？我們澤田專務要我向你問好，那我們走了。」

年輕的黑襯衫男似乎脾氣還沒發夠。

「可是，大哥，就這樣放過這傢伙行嗎？」

休閒皮外套男的聲音從肚子發出來：

「算了，走吧！」

占了池袋西口風俗區一半地盤的兩名豐島開發的混混，朝常盤通的方向走掉。

看熱鬧的人群露出「什麼嘛，真無聊」的表情，四散離去。穿白襯衫的小鬼來到我身邊，深深鞠了個躬。

「我叫庄司光一，謝謝你在危急時救了我。你是真島先生對吧？剛才你好帥唷。」

當面接受稱讚最讓我感到不舒服，每次都會覺得屁股癢了起來。

「OK、OK，那我走啦！」

小鬼連忙說：

「請等一下。我在那邊那棟大樓的相親酒吧工作，但現在店長逃走了，同事們也都不理我。」

我看著斜前方的風俗大樓，七層裡有五層在招租。根據新的條例，租屋給非法風俗店的房屋所有人也必須受罰。由於風險高，房屋所有人現在都不太敢隨便租人了。相親酒吧「男女配對」位於它的三樓。

「我才剛來池袋不久，什麼也不懂。真島哥可以收我當小弟嗎？」

我差點沒跌倒。我既非黑道也非小混混，只是個善良的水果行店員而已。

「饒了我吧。我家在西一番街開店，我是個顧店的。有空可以來找我玩，但我可不想收小弟啊。」

光一的左臉頰腫了起來。他很有精神地點點頭說：

「那下次我去找你玩囉，大哥。」

我的背上起了雞皮疙瘩。基本上，我很討厭那種以東映的黑道電影為範本的壞蛋。

「別再叫大哥了，趕快回你們店裡冰敷一下吧。」

我一面走在已呈半空曠狀態的西口風俗區，一面對他這麼說。在那十分鐘的時間裡，光一和我認識了。對他來說到底算不算走運，我也不知道。如果當時我不在場，他應該會被豐島開發的小囉嘍痛毆個幾下就沒事了吧。

由於他和我認識了，後來才會遭逢難以挽回的悲慘命運。我問你，到底什麼是幸運，什麼又是不幸？這個問題應該和小鳥在空中飛翔的軌跡一樣，沒有一定的答案吧。

鳳凰會的集會每個月舉行兩次，傍晚六點開始。我回家和老媽換了班，繼續當起平凡店員。CD音響裡，我選了史特拉汶斯基的成名作，《火鳥》（*The Firebird*）是這位二十世紀俄國天才二十七歲時初次寫下的芭蕾樂曲。雖然聽起來很像陰沉的童話，但曲子裡隨處可聽到精密而野蠻的節奏。這根本就像飛來池袋的鳳凰，是個以「重建治安」為名執行、暴力而綿密的作戰計畫。不過，史特拉汶斯基如果看到池袋成了這副模樣，或許也會啞然失聲吧。

我以為沒有客人，正豎起耳朵細細品味音樂時，卻看見店門前方站著一個素未謀面的年輕女子。她穿著白色女裝上衣和長及小腿肚的深藍色喇叭裙，長短適中的黑髮綁著白色緞帶。池袋少見的清純派女生。她迅速朝我點了個頭並說道：

「你在聽布列茲（Pierre Boulez）指揮的那張CD對吧？」

我訝異地點點頭。在西一番街這裡，就算有人知道曲名，也很少注意指揮是誰。我當時播放的是布列茲指揮、英國BBC交響樂團演出的知名作品。她鼓著腮幫子笑道：

「下一首芭蕾曲《普欽內拉》（*Pulcinella*）我也很喜歡。你是真島誠先生吧？聽說你在播放古典樂的水果行上班。我叫瀨沼郁美，城北音樂大學鋼琴系二年級。那個……」

原來如此，難怪她給我一種小學音樂老師的感覺。我向沉默下來的郁美說：

「既然妳來找我，應該是有什麼困難吧？不知道幫不幫得上妳的忙，還是先講出來聽聽看吧。」

我從店裡拿出折疊鋼管椅，打開來讓她坐。郁美淺坐在椅子上，一副不是很舒服的樣子。

「要請你幫忙的事，是關於我姊和美。她是我們大學鋼琴系的大四生，最近卻沒去上課，而且說來慚愧，她似乎迷上了牛郎俱樂部……」

這是近來常有的事，不光是特種行業的女人，連平常不那麼愛玩的大學生或粉領族，也迷上了牛郎俱樂部。

「結果欠下大筆債務？依我看，這種事還是告訴父母，趕快解決比較好。只要找個律師從中斡旋，應該可以減少欠款的數目，也算是讓和美小姐上到一課。」

郁美用力搖著頭，像在強烈拒絕什麼一樣。

「不行。和美她突然離開住處，聽說現在待在池袋的某家風俗店……」

為什麼事情會走到這步田地？我完全無法理解。

「呃……這樣可就讓人頭痛了。為什麼會從光顧牛郎俱樂部變成從事風俗業呢？是因為需要更多錢玩牛郎嗎？」

《火鳥》現在進行到魔王凱斯采（Kastchei）的手下在跳舞的部分。史特拉汶斯基最擅長的原始節奏在此爆發。你看，史特拉汶斯基果然還是比柴可夫斯基帥氣多了吧！

「我去問牛郎俱樂部的人，他說我姊已經沒有欠錢了，和他們店已經毫無瓜葛。」

「牛郎俱樂部的店名以及牛郎的名字是？」

「那家店在西三番街，叫做『黑天鵝』，牛郎的名字是大輝。」

好像變成無可救藥的故事了。

「妳們姊妹倆的父母那邊呢？」

郁美看向地面。水果行都有甜甜的水果香氣，當時瀰漫的是柿子與鳳梨成熟時的氣味。

「爸媽都在和歌山。這次我姊的事，他們還不知道。可以的話，希望能在他們不知情的狀況下解決掉。」

「可是，這案子很花錢耶。」

總得付一些錢給債主吧，不過當然不是對方說多少就付多少。郁美很快地抬起頭凝視我。

「爸媽給的生活費我存了一些，準備出國留學用的。」

可以出國留學，郁美應該是滿有潛力的鋼琴家。

「妳姊上班的那家風俗店在哪？」

郁美露出困惑的表情。清純的她皺起了眉頭。

「似乎是西口一家叫做『LoveNet』的店。真島先生應該對風俗業很熟吧？那是一家怎樣的店呢？」

我是在池袋長大的，對風俗業多少有點了解，但我可不是那種地方的常客啊。

「那家店我不知道啦。我既沒錢，也不去那種店。不過妳怎麼知道妳姊在那裡上班？」

郁美滿臉通紅，咬著嘴唇。好久沒看到這種表情了。講到最近的偶像，都只會在電視上講一些低級笑料而已。

「是我們學校裡的傳聞。有男同學說，在那家店碰過和我姊很像的人。」

「那可真難受啊。」

學校裡流傳著自己姊姊從事風俗業的傳聞，真是苦了清純的她。郁美雙手交握、放在胸前，對我擺出請求的動作。

「我們姊妹倆原本一起住在目白的大廈，但她已經一週沒回來了。我沒有人可以商量，一直不知如何是好，現在只能靠真島先生你了。」

被年輕女孩拜託，感覺真好。再怎麼說，這只是個花錢就能打發的簡單事件。很久沒有出動了，我清楚感受到自己整個人抬頭挺胸了起來。我不出手的話，池袋沒有明天。我拿出手機說：

「那給我妳的手機號碼。」

清純派女孩馬上把手機信箱與號碼給我。我邊輸入邊說：

「妳聽好，郁美小姐。在池袋這裡，不可以這麼輕易把電話號碼告訴別人唷。」

《火鳥》早已結束，現在已經變成《普欽內拉》的嘉禾舞曲（Gavotte）了。優雅的旋律緩緩地從豎笛轉換為長笛。如果人生也能像這樣流暢地變奏的話，該有多好呢。

我站在店門口目送郁美離去。白色的女裝上衣與深藍色的裙子，在已經變暗的西口鬧區漸漸遠去。

我是這麼想的：很多年輕女孩都單純地以為，衣服穿得愈露，笨男生就愈容易上勾吧；但有時應該反其道而行才對。夜店如果有個像郁美那樣完全不露出肌膚的女孩，搞不好身邊反而會圍著一堆男生呢。

正當我輕巧地配合著新古典派的芭蕾組曲揮手時，背後有人講話了：

「真沒想到呀，阿誠，這次交的女孩滿正經的嘛，好像《二十四之瞳》裡的高峰秀子呢。」

正當我打算回頭大吼「吵死了，老太婆」，就看到老媽和光一站在那兒。光一拿下墨鏡說：

「我的臉腫成這樣，沒辦法拉客，所以店裡叫我休息。反正鳳凰計畫實施後，我們相親酒吧每天都很閒，所以沒差。」

光一被小混混痛毆的左眼四周，浮現藍色的瘀青，旁邊是令人作嘔的黃色。光一對老媽深深一鞠躬說：

「真是不好意思，竟然要大哥的母親大人帶路。我是他新收的小弟庄司光一，今後請您多指教。」

原本我想吐他槽「幹嘛，你是混黑道的呀」，但臨時改變了主意。光一在西口的風俗街工作，或許可以問到什麼情報也說不定。此外，我也想探探一些自己不方便獨自前去的地點。

「光一，我有事要請你幫忙。」

老媽氣沖沖地說：

「又要幫別人忙啦？真的這麼熱心，怎麼不用來顧店？」

「是、是、是。」

「回答一個『是』就好了。」

老媽的口氣雖然很差，但由於光一的緣故，她的心情似乎不錯，抓起店前一顆三百圓的富士蘋果，往他胸前一丟。

「那種蘋果很好吃喔。你這大哥可能不怎麼可靠，要請你多關照我們家阿誠囉。」

光一又向老媽鞠躬了。

「好的。」

「好孩子。」

這畫面看起來真像是什麼俠客電影裡的場景。我不理會相互敬禮的兩個傻子，逕自往西口公園走去。

「詳情等一下再告訴你。」

這麼告訴光一後，在西口站前等紅綠燈時，我打了一通電話。好久沒看到猴子了。我可是他少數有正當職業的朋友之一。這位羽澤組的涉外部長（但我完全搞不懂這個職位是幹啥的）有氣無力地回了話：

「幹嘛啊，阿誠？」

「你們的景氣怎麼樣？」

過去常受人欺負的他以帶有怒氣的聲音回答：

「鳳凰都來了，怎麼可能會好啊？這次警方採取全面對決的態勢，行動前的情報竟然完全不給我們。虧他們吃我的、喝我的，連女人都是我介紹的，真是過分。」

我忍不住笑了。猴子大大地誤解了。

「不是你想的那樣喔。我是從吉岡那兒聽來的，這次就連池袋警察署也是在每次展開掃蕩行動前不久，才收到組織犯罪對策部的通知。轄區的警員都很不高興，抱怨這群人不但空降到這裡，還為所欲為。」

「組對部是嗎？如果能從裡頭打聽到情報就好了。」

猴子以淒涼的口吻說道。連池袋前三大幫派的羽澤組也被取締成這樣，那麼其他中小型組織該怎麼辦啊？猴子以走投無路的口吻說：

「你來做也行。我們老大已經下指令了，如果有人能從健康中心十一樓弄到情報，或是能阻止鳳凰計畫，多少錢他都願意出。我們和豐島開發聯手的話，錢的部分更不成問題。」

就算猴子這麼說，我仍不想當個以警察為對手的麻煩終結者啊。雖然我處於灰色地帶，但最後畢竟仍是站在警察的那一邊——至少有一隻腳是啦。再怎麼說，我也是池袋的正義使者啊。

「這種事誰做得到啊？對方可是直屬於警視廳耶！先別講這個了，我有事要問你。牛郎俱樂部『黑天鵝』和一家叫『LoveNet』的風俗業者，它們的保護費是交給哪個組織，可以幫我查查看嗎？」

要對池袋的店家出手，有必要事先調查對方是受哪個組織保護。如果是難纏的對手，就不能輕舉妄動了。我繼續說：

「我還有事要查，等你的電話。」

就在要掛電話時，猴子大叫：

「你白痴啊！兩個都是京極會的，而且是它們旗下最殘暴的池上組。」

「你怎麼那麼快就知道啊？」

猴子哼的一聲笑了。紅綠燈變了，我和光一穿過人行道，朝西口公園走去。都心的十字路口上空，飛著幾隻翅膀像底片般的蜻蜓。

「今天我們開會時剛好討論到。鳳凰計畫對池上組那些人來說，似乎是絕佳的好機會。趁池袋陷入混亂，他們投入大量資金與人才，到處搶地盤。」

我在人行道中間停了下來。光一露出訝異的表情看著我。

「這話怎麼說？」

「警方希望把風俗街轉變成完全不同的地方。詳情下次碰面時再告訴你。不過我要提醒你，阿誠，想對池上組的店出手，可要格外小心慎重。」

我回答「知道了」就掛掉電話。我們被困在分隔島，計程車對我們按喇叭。我不由得發出聲音來：

「真是麻煩啊。」

「怎麼了嗎？」

京極會是全國連鎖性黑道組織，總部設在關西。日本所有黑道有一半都是他們的人，詳細數字我不清楚，但三、四萬人應該跑不掉。其中以幹架出名的就是池上組，裡頭有很多危險人物；每次一發生糾紛，就會無限制派遣戰鬥員出去。

找池上組的麻煩，無異於光著身子走進黃蜂窩一樣。那麼，就在身上多沾點牠們喜歡的果汁吧。

我很喜歡秋日的西口公園。

此時這裡的人比夏天少得多，天高氣爽，使人與人之間多了一些距離感。天色暗下來後，就看不到彼此臉上的表情，這是都會裡最合適的距離感。在鋼管椅坐下後，我很快地將清純派女孩的姊姊迷上牛郎俱樂部，因而惹出麻煩的事告訴光一。光一吃驚地說：

「最近連大學女生都上牛郎店呢。」

何止大學女生，連高中女生也都愛去。這年頭，消費各種不正經的玩樂的年齡層都變得愈來愈低。

「對了，你有沒有聽過什麼有關『黑天鵝』的八卦呢？」

「那邊的牛郎風評很差唷，拉客強硬、態度傲慢。我們店裡以男客為主，他們以女客為主，所以彼此間沒什麼往來。但是他們和其他牛郎店經常起衝突。」

「你們店是屬於哪個組織管的？」

「我們保護費是交給羽澤組，但最近池上組的人經常跑來店裡，硬要我們買格鬥技或演唱會門票，老闆似乎也甚感困擾。」

「這樣啊。」

來自關西的大型組織似乎在打羽澤組地盤的主意了。在淨化作戰如火如荼進行的時候做這種事，可真大膽，照理說這段期間池袋的黑道應該會盡量低調才是。

「那你聽過一家叫『LoveNet』的店嗎？」

光一以一副難以置信的神情看著我。

「很有名哩。阿誠真的是在池袋長大的嗎？」

「真的啊。只是我不太了解風俗業。」

「現在池袋最流行的風俗業，不就是那一種嗎？某家公司買下了整棟樓經營色情按摩，經過一番改裝，把原本辦公用的空間，重新隔間為單房公寓❸，大概一個月之前才開幕的。」

完全聽不懂光一在講什麼。

「那家店是屬於哪種風俗業？」

「就是最新一代的外送色情按摩。」

和手機、電腦一樣，外送色情按摩似乎也會「換機型」。我是覺得根本沒必要轉換得這麼快啦。

「講詳細一點。」

風有點變冷了，將圓形廣場石磚上的枯葉吹著跑。光一拉緊牛仔外套的前緣。

「警方向風俗業者提出正式要求，要他們轉型為外送色情按摩，並且要求負責人確實登記、誠實繳稅。過去那種櫃台、等待室與包廂全部設在一起的店家，就會成為警方逐一取締的違法業者。」

原來如此。這麼一來，不但稅收增加，一旦出了什麼亂子，也很容易揪出負責人，對警察與國家稅收而言都很不錯。

「那麼，是不是只要採取這種營業型態，就能開新店？」

「嗯。所以資金充裕的話就能像『LoveNet』那樣，買下整棟大樓，在一樓設接待櫃台，其他房間就用來營業。旗下的女生都住在同一棟樓，既省時間，經營起來也很有效率。上星期他們才開了同系列的另一家店『LoveHouse』呢。」

❸和式英語 one-room mansion，指的是除了浴廁外，只有一個房間作為客廳兼廚房兼臥室使用的住宅。

「真無聊，所以誰的資金多誰就贏是吧。」

總覺得愈來愈沒救了。現代的日本已經被撕裂為兩極化的貧富階層了。這種強烈的斥力不但湧向六本木Hills，也湧向池袋的風俗街。大型風俗店愈來愈富麗，小型地方業者卻逐一關門大吉。

「那種店是怎麼吸引客人上門的呢？」

「你在說什麼呀，阿誠不是每天都會經過嗎？」

我說我不懂。

「最近池袋不是多了很多風俗業的免費介紹所嗎？業者多半利用它們或手機網站吸引顧客。」

「原來如此啊。你似乎幫了我不少忙喔。」

「大哥，謝謝你。」

我從冰冷的金屬製長椅站了起來，拍拍屁股說：

「那我們去看看吧。」

光一睜大了眼睛看著我。

「你講的那種免費介紹所。」

「真的嗎，大哥？」

我用力瞪向光一，但他的視線已經看向地上。

「真的。還有，不要再叫我大哥了。」

這麼一說，入口處垂著半透明塑膠布簾的「免費介紹所」，確實增加得滿快的。我對風俗業沒什麼興趣，也沒什麼錢，所以從來沒進去過。不過池袋鬧區這裡，每走過一個路口都會看到一家。

我們決定前往距離西口公園最近的介紹所，位於浪漫通的ROSA會館對面。那棟建築在小小十字路口一隅，一樓是免費介紹所，二樓以上的看板由於鳳凰計畫，全都變成空白。

「進去吧，交涉的事就交給我。」

撥開感覺滑滑的塑膠布簾，我們走進店裡。裡頭亮得跟便利商店一樣，連角落都有充足的日光燈照射，大約是二十疊榻榻米大吧。牆上貼滿風俗業者的海報，上面印著店名、種類、消費時間與收費標準，以及看著或沒看著鏡頭的年輕女孩照片。這麼多的年輕女孩，有的穿著制服，有的穿著內衣褲，有的沒穿衣服。除了我們之外，只有兩、三名客人而已。

我一一檢視牆上的海報。由於電腦的桌上排版系統發達，這種水準的海報即使張數不多，也能簡單自製，世界真是愈來愈便利了。LoveNet的海報美美地貼在白色牆壁正中央的最佳位置，四周還以金色膠帶圍起來，肯定是極力推薦的店。

這間免費介紹所和那種很懂顧客心理的服飾店一樣，只要客人沒主動出聲詢問，他們就靜靜地讓你自己逛。明亮介紹所的內側有個高及胸口的櫃台，牆上寫著「免費贈送飲料一杯」的字樣，像極了廉價夜店。我出聲詢問穿著白襯衫、露出胸口、頭髮染成茶色的店員。他應該對自己在日曬沙龍曬出來的胸膛很自豪吧。

「請問這家LoveNet的風評如何？」

男子搓著手走了過來。

「客人，您真有眼光，那是池袋現在最熱門的店。請您稍等。」

他從櫃台下方拿出厚厚一疊檔案。

「貼在牆上的是可以露臉的女生，此外還有很多可愛女生喔，請看。」

服務真是一百分。付給這間介紹所的回扣之中，最多的肯定是LoveNet吧。就在我快速翻閱貼著照片的厚紙板時，光一從後面探頭過來看。大概在第四或第五張，我就找到長得很像郁美的女生了。她穿著側邊呈帶狀的黑色丁字褲，雙手壓在胸前對著鏡頭笑，只用食指與中指蓋住乳頭，花名是「雪莉」。櫃台裡的男子刻意壓低音量說：

「還有，客人，有的女生願意做全套。關於這點，進包廂後再請您自己和她們商量。」

他一副「這你應該知道吧」的表情，向我點了個頭。雖然我不太懂，還是露出了然於胸的表情。

「怎麼樣，客人如果現在要去，我可以先幫您預約。」

男子馬上拿出手機。

「沒關係，我下星期才領薪水，只是先來看看而已。不過我很中意這家店，特別是這個叫雪莉的女生。她是不是隨時都在店裡？」

男子的笑容突然冷了下來。

「嗯，雪莉小姐每天都會上班。她的琴彈得好、歌唱得棒，風評很不錯。因為她手指的動作很細膩嘛。」

我想像著年輕女孩以指尖彈出天籟般的顫音。這次我是真心點頭，向櫃台男子道謝：

「鋼琴家真是不錯呢。但我也很喜歡阿格麗希（Martha Argerich）。謝謝你。」

櫃台的男子連忙在檔案夾搜尋這位上世紀代表性女鋼琴家的名字。就在我和光一準備走出介紹所時，他遞給我名片。

「如果有什麼需要的話，請打電話給我。靜候您大駕。」

我們再次撥開塑膠布簾，回到夜晚的街上。無論池袋或風俗業都不尋常。

和光一分道揚鑣後，我回到西一番街。走路也不過幾分鐘而已。池袋西口的鬧區與新宿歌舞伎町不同，這裡的店家還滿集中的。

我和老媽換手，吃過晚飯後繼續顧店。在鳳凰計畫之後，晚上的生意掉了四成。對我們這種小本生意而言，四成已經是攸關生死的問題了。老媽雖然向商店會抱怨過N次「鳳凰會害我們客人變少」，商店會的幹部卻老是以官腔搪塞。

只要街道變得像以前那樣安全，客人就會回來。但這樣一來，不就變成在玩兩輛車對衝的「試膽賽車❹」了？看是我家水果行先支撐不住倒掉，還是客人數會在那之前回復到原本的水準。副知事雖然認

❹由雙方開車面對面互衝的比賽，看誰先因為膽小害怕而轉開方向盤。

為掃蕩風俗業、非法外國人很神勇，卻連帶波及地方上存在已久的商店街啊。

我打手機給郁美，沒有人接。我在語音信箱留話，要她下次把和美的照片帶來，就掛了電話。漫長的一天已經來到晚上十點。自鳳凰來襲後，這個時段的人潮已經和以前的深夜沒兩樣了。

「啊——那家店還在營業——」

店門口傳來獨特的腔調。我眼一抬，發現是以前常來的熟客艾美加，一個菲律賓籍的酒店小姐。小了兩號的牛仔褲像薄橡膠一樣套在她的美腿上，上半身穿著全是亮片的短夾克。她的個子雖小，身材卻十分好。

「好久不見。妳們很厲害，沒被鳳凰抓走。」

「沒事的啦，我們馬上就逃到錦系町了。我要這個楊桃和芒果。阿誠，池袋這邊狀況如何？」

我一面把楊桃裝進塑膠袋，一面回答：

「沒什麼改變，每星期會同步掃蕩兩次，大家都很害怕，到處在傳下次會掃蕩韓式美容中心，還是羅馬尼亞酒吧。不過妳跑回池袋來沒關係嗎？」

我把散發香甜氣味的塑膠袋交給她時，艾美加自信地笑了笑。

「我只是回來公寓拿行李而已。池袋已經待不下去了，我改到錦系町的店去上班了。之前在這裡有不錯的客人，這點倒是滿可惜的，但也沒辦法啊。不過我覺得很不可思議，我們是拿旅遊簽證在入境時確切記錄過的，只不過倒酒給客人而已，就要被抓？與其掃蕩外國人酒吧、帶走十名女生，還不如去抓凶惡的強盜或信用卡偽造集團，對大家比較有貢獻。」

她這麼說，我實在同意到不行。柿子只會挑軟的吃，即使有成果，也和真正重建治安有很大的差距。這道理連三歲小孩都懂。我收下她的千圓大鈔，把零錢和兩顆奇異果放進她的塑膠袋裡。

「連日本人也覺得他們這樣做很奇怪。我們這間水果行生意也變差了。我想這種事應該不會持續太久，艾美加要加油唷。」

「阿誠也是喔。」

我笑著揮揮手。她一面左右扭動形狀好看的屁股，一面離開西一番街。無法再看到風情萬種的艾美加，除了有礙國際交流外，也是這條街的莫大損失。

當天晚上，警車在常盤通停了下來。這次連我都知道車輛的正確數目了，灰色的巴士有四輛。聽到別人在講，我放著店不管跑去看。看熱鬧的群眾聚集在常盤通往賓館街方向進去的一條巷子。我有不好的預感。

那裡是泡沫經濟時期興建、投資用的老舊單房公寓，白色的外牆已經變成淡黑色。那一帶是外國人的聚集地。艾美加曾經從那裡來電訂過水果，我也曾經送過一箱芭蕉到那裡。

我聽到幾個女生哭泣的聲音，機動隊員把幾名外國女子帶上巴士。我在那群女生中找尋艾美加的臉時，同一時間從公寓上方傳來女人叫聲。

「幹什麼！放開我！我才不要回菲律賓呢。」

聲音在水泥牆上清楚地反射，聽起來就像在耳邊對著我叫。

「不要這樣！」

男子一聲怒吼下，跟著傳來相互推擠扭打的聲音，接著又是女人的慘叫聲，聲音拖得很長，但愈來愈低。從我站的地方看不到，但從建築物之間的縫隙，聽得到有東西撞到地上、「叩」一聲的不舒服聲響。圍觀的群眾大叫：

「女的跳下來囉。」

四周突然騷動起來。機動隊趕緊叫救護車。五分鐘後，緊急用車閃著紅燈抵達。我隔著一堆圍觀者看到醫護人員把一名女子搬上擔架，準備載走。那個女的一面哭，一面以菲律賓的主要語言他加祿語（Tagalog）大叫，被送進了救護車。不是艾美加。

我才剛覺得安心，就看到公寓大門處有個戴著手銬的女生抬頭挺胸走了出來。她穿著星形亮片短夾克。是艾美加。她一看到我，微微搖搖頭，我也報以同樣無言的動作。

幾十名機動隊員包圍了住滿外國人的公寓四周，我連一根手指也動不了。我很想大叫「這麼做真的很奇怪」，卻連聲音都不敢出。不過，看著艾美加挺直身子走上灰色巴士，還是讓我明白了一些事。非得有人中止鳳凰計畫不可。不能讓我們的街道再繼續燃燒下去。

隔天是個晴朗的秋空，氣溫比二十度多一點，是個無事的爽朗秋日。郁美去上課之前，已經先把和美的照片拿過來了。白天我打開店門，正準備跑出去時，看到光一站在店前。我睜大了眼睛看著他。他穿得和我幾乎一模一樣，低腰鬆垮牛仔褲搭配ＸＬ的霜降灰連帽外套，頭上再戴頂聖路易紅雀隊的棒球帽。

「你幹嘛呀？」

光一把帽緣轉到後方，難為情起來。

「呃……今天早上我在這附近的服飾店繞了一下，想找和大……不，和阿誠相同款式的衣服。想說搭起來滿好看的吧。」

難道我們是雙胞胎偶像嗎？兩個男的穿情人裝，感覺很不舒服。

「你呀，要有自己的主見啦。」

光一精神抖擻地說：

「今天要做什麼呢？」

「和猴子吃午飯。」

光一露出不解的神情看著我。

「你要一起來嗎？」

看到我踏上秋天陽光照射下的馬路，光一像隻小狗一樣搖著尾巴跟了過來。

我和猴子約在ROSA會館旁的義大利餐廳。那裡晚上是流行的包廂居酒屋，午餐時刻則賣好吃到不行的義大利麵。羽澤組的未來希望已經在包廂等我了。看到光一時，他露出訝異的表情。

「他就是這次的委託人嗎？」

我說「不是」，接著把光一與豐島開發的爭執講給猴子聽，他大笑起來。

「原來如此，真沒想到阿誠終於也收小弟了。」

「少開玩笑啦，他不是任何人的小弟啦。別管這個了，告訴我池上組的事吧。他們為何能在鳳凰計畫如火如荼展開時，在池袋急速擴張？」

服務生來幫我們點菜，我們三人都點了有五種菇類的和風義大利麵。猴子在桌上雙手交握說：

「真的很不可思議。照理說沒有人能得知同步掃蕩的情報，但只要在街上走動的池上組不見人影，不久之後一定會出現灰色巴士。交保護費給他們的店家，幾乎都沒被取締。」

「這麼說來，池上組應該是有管道和組對部聯絡吧，搞不好是對方把情報洩漏給他們。」

猴子露出極其苦澀的表情。

「所以我們老大才一直囉唆，說既然池上組都行，我們沒理由做不到，要我們趕快在組對部找眼線。他們可是直屬於警視廳的菁英耶！誰辦得到啊……」

香菇義大利麵來了，散發奶油與真姬菇的香味。就在此時，我和猴子面面相覷。我想起自己認識的唯一一位警界菁英，經歷與瀧澤副知事幾乎相同。

「下次我來聯絡禮哥看看，順利的話，或許可以和副知事對上話。」

猴子似乎不怎麼期待。

「副知事和阿誠對話是嗎？總覺得是個很糟的組合。」

猴子像是在收釣魚線，把義大利麵吸進嘴裡。

「吵死了，又不是沒叉子，好好捲來吃啦。」

「有什麼關係，反正這裡是日本。」

光一講完這句話，和猴子一樣把麵吸進嘴裡。這麼沒禮貌，真是討厭。我優雅地以順時針方向捲著義大利麵，輕巧地送進嘴裡。Buono❺！猴子說：

「池上組那些傢伙太猖狂，私底下大家都繃緊神經。現在有鳳凰在，當然會避免發生衝突，但再這樣下去，哪天地方上的勢力一定會和池上組槓上。到時候豐島開發會和我們聯手，好好幹一場。」

「所以冰高先生說多少錢他都願意出，是嗎？」

「嗯。如果組對部進駐池袋之後還發生衝突，警視廳基於面子問題，勢必得掃蕩其中一邊。對池上組來說還好，就算他們在東京的據點毀掉，還是可以從關西派遣無限兵源過來。但在池袋這裡討生活的我們，一旦警方全力出手，恐怕就完蛋了。」

不光是風俗業，連黑道世界也加速呈現猛烈的「一強獨大」態勢，這是目前日本各地都出現的大變化。猴子喝了一口冰水說：

「我說阿誠，你要不要幫我們工作？我們組裡沒什麼頭腦好的人。像你這種熟悉池袋為人知與不為人知的兩面，一有事情還可以發言表達意見的人，我們一個也沒有。我可以幫你解決牛郎俱樂部的事，請你設法幫我們對付鳳凰和組對部吧。」

---

❺義大利文「好吃」之意。

猴子的頭低得都快碰到桌面了。我聽到光一訝異地倒吸一口氣。這傢伙可是池袋有名的羽澤組涉外部長呀。

「別這樣，猴子。即使你不提，我也已經打算對鳳凰採取行動。我不管什麼警視廳或副知事，池袋竟然這樣任由外人為所欲為，我實在很不爽。」

我想起昨晚艾美加的無奈眼神。此刻，我還不知道自己能做什麼，但總得有人出來為快要燒個精光的池袋做點事。我的腦子已經很久不曾如此急速轉動了。

光一要去相親酒吧上班，我和他在西三番街道別。牛郎俱樂部「黑天鵝」就在艾美加所住的外國人公寓附近。我詢問在店門口掃地的菜鳥牛郎：

「不好意思，大輝先生在嗎？」

頭髮像玉蜀黍一樣黃的小鬼沒出聲，靜靜指著通往地下一樓的樓梯。我謝過他，走下貼滿鏡子但沒有點燈的昏暗樓梯。地下室差不多是三十疊榻榻米大吧，布滿鮮花、白色大理石與鏡子，是一家讓人快要窒息的店。這是典型那種過於富麗堂皇，反而讓人覺得貧乏的例子。幾個牛郎正在整理店內。

「不好意思，我想找大輝先生。」

有個沒有笑容的小鬼一樣不出聲地指著化妝間的方向。我原本以為牛郎都比較活潑外向，沒想到下了工都這麼沉默寡言。我敲敲門，走了進去。大輝給人的感覺是視覺系樂團裡第二帥的成員，眼睛大、鼻子大，嘴唇鬆垮地垂著。他一面看著鏡子吹頭髮，一面問我：

「怎麼，你想當牛郎嗎？」

我差點問他「我也能靠這個賺錢嗎」，從連帽外套的口袋裡拿出和美的相片。

「瀨沼和美的家人委託我找她。我叫真島誠，她之前對你很著迷，對吧？」

大輝的臉上閃過一絲僵硬的表情，但馬上又滿不在乎地說：

「噢噢，那個麻煩的客人呀。明明沒錢，還一連開了好幾瓶香檳王。最近的女大學生真讓人受不了，頭腦糟、人隨便，還花錢如流水。」

大輝對我露出職業性笑容，皮笑肉不笑。如果這種笑容能騙到女生，這世界也太單純了點。

「和美欠了妳們多少錢？」

大輝不以為意地說：

「我忘了，大概兩、三條吧。很平常的金額。」

一條是一百萬圓。我問過光一牛郎的領薪方式，他說牛郎可以拿到顧客所付金額的一半，抽成制度近似於風俗業小姐。由於客人所欠金額都算在牛郎的帳上，因此如果無法收到錢，月底就會收到以紅色數字寫的欠款單。牛郎很怕收到這種紅單子，和以前舊日本軍徵兵時大家害怕收到的紅色兵單一樣。

「和美應該沒有這麼多錢吧。你是怎麼收到錢的？」

大輝把頭從鏡面轉向我，微微一笑：

「真島什麼的，你聽好，我的做法完全不犯法，是正當的商業行為。我提供服務，和美卻沒付錢。是她求我不要報警的，無可奈何之下我只好把努力工作賺來的債權賣給相關業者了。我和她已無瓜葛，所以你也別再給我出現。」

花樣漸漸清晰了。那恐怕是他常用的手法吧。買下他債權的，肯定是游走法律邊緣的金融組織吧，都市銀行才不會去買牛郎的債權呢。

「那你把債權賣給誰了？我試著去商量看看。」

他那惡意的沒品笑容似乎停不下來。

「一之木企畫。你要講就去講個夠吧。我先聲明，那裡可是由池上組罩著。我還真想看你被揍得鼻青臉腫的樣子啊。」

我連謝也不謝，走出了更衣室。就像他說的，我本來就不想再去那家牛郎店，無論什麼狀況下都一樣。

然而任何地方只要不想再去，偏偏就會再去。

回到西三番街，我馬上撥電話給猴子，問他有關一之木企畫的事。

「怎麼又是池上組的漂白企業呀？那家公司的勢力也很大。」

我把債權從牛郎俱樂部流向地方放款業者的事情講給猴子聽。擔保品是年輕女性的身體，結果女生要用自己的身體來還錢，像是蓋得很好的鮪魚養殖場。猴子乾脆地說：

「阿誠，如果你真心想打倒鳳凰，我可以請老大幫那個女的出錢還債。即使加上利息，也才四、五條而已吧。」

這個想法很不賴，但我想連那家牛郎俱樂部以及和美上班的最新型外送色情按摩也一併解決掉，特別是那個叫大輝的牛郎，真想重重懲罰他一下。他竟然靠著那張土撥鼠臉就把女生騙得團團轉，這種事本來就不能原諒。

「猴子，一之木企畫和那家外送色情按摩，是什麼關係？」

他有氣無力地說：

「兩者屬於同一個集團，二十一世紀度假地，算是池上系列組織裡幫忙漂白與弄錢的企業吧。有一半當成正業在經營。」

「一之木企畫在哪裡？」

我從口袋拿出原子筆，在手掌寫下位於東池袋的地址。

一之木企畫位於某棟巍峨辦公大廈六樓，地點在池袋站另一側，面對東口的綠色大道。我完全沒約時間就逕自造訪。白跑一趟也沒關係，只要確認地點就夠了。

在櫃台的是個年輕女性。我報上來訪目的後，她就帶我到另外隔出的會客處，還給我一杯冰麥茶，正經到出乎意料。出來的男子頭髮梳成七三分，大約三十多歲。我向他提到和美的事，其間他有禮地向我點了幾次頭。他說：

「請等一下。」

幾分鐘後，他拿著檔案夾回來讓我看，露齒一笑道：

「我們確實有個客戶叫這個名字。她欠我們錢，誠如那位先生所說，不是一筆小數目。最近對於個人資訊的保護相當嚴格，很抱歉不能透露金額給您。看是請她的家人提出正式委任狀給您，或是請律師先生過來和我們談。」

在這裡碰上一堵叫做「個人資訊保護法」的牆，麻煩終結者的工作真是愈來愈難賺了。

「那最後再問一件事：和美小姐有好好在還錢嗎？」

男子的目光落在檔案夾上。

「嗯，確實都有在還。」

「每個月還幾十萬圓嗎？」

「金額不方便透露，但確實還了不少。」

我笑著看著他，說：

「把她介紹給外送色情按摩，讓她用身體來還錢。這麼氣派的辦公室，就是這樣才付得起租金吧。我真是不懂這個世界呀。那我告辭了。」

我留下臉色大變的男子，離開一之木企畫。透過電梯的窗戶，我看見一直延伸到池袋車站、顏色變深的銀杏行道樹。在人類愚蠢地拚命賺錢時，秋天已經悄悄地愈來愈深。

我不想成天在大街小巷追事件，偶爾也想當當詩人。

什麼漂白企業、牛郎俱樂部、新型外送色情按摩、同步掃蕩等一點都不有趣的字眼，我已經受夠了。

隔天我一面看店，一面死命地思考。外送色情按摩那邊總算想到解決方式了，但牛郎俱樂部還是有問題。我本來想，乾脆叫G少年蒙面去砸店算了，但讓池上組與G少年槓上，總是覺得對不起崇仔。後來我又做了兩件事，不過其中一件只是打電話而已。

生意清淡的午後時分，我一面沐浴在溫暖日光下，一面在手機通訊錄裡找尋禮哥的號碼。這位池袋警察署署長是我的兒時玩伴，我還幾度幫他立下功勞。雖然他讀的是東大法律系，我只是當地高工畢業，但我們從小就挺合得來，完全無關學歷。

「阿誠呀！什麼事？」

電話一接起來就是這種煩悶聲。

「現在可以給我一點時間嗎？」

「給你三分鐘。」

切，擺什麼架子！我即刻切入正題。

「組對部的掃蕩情報，會傳到禮哥那邊嗎？」

這位高階公務員嘖了一聲，真難得。

「連你也要講這件事啊？我們署裡大家都很悶。組對部直屬於警視廳，只有在掃蕩行動前不久才會通知我們。使喚我們做事，卻一點情報也不給，簡直把地方警力當成部下來用嘛。」

「這樣啊。但我聽到奇怪的傳聞呢。」

「打從鳳凰計畫開始以來，每天都有幾十宗傳聞出現。」

「可不是那種道聽塗說的傳聞喔，是羽澤組的幹部告訴我的情報。」

沉默了幾秒。感覺得出來，池袋警察署署長認真起來了。

「阿誠，那你說說看。」

「我不知道怎麼辦到的，也不知道為什麼，總之池上組在每次同步掃蕩前，就會得知組對部的情報。在灰色巴士到來之前，池上組的傢伙們就會消失、拉上店家的鐵捲門。」

「原來如此。不過組對部那層樓有來自警視廳的上百名警官，雖然我們不樂見其中有人將情報洩漏出去，但也無法控制。」

「這樣嗎？地方警力與機動隊不是在出發前都還不知道要掃蕩哪裡嗎？那麼組對部應該也會視為最高機密才對，那種情報不是低階警官能夠輕易取得的。」

又沉默了一會兒。這種時候，禮哥都是以極快速度在動著腦筋。我也不講話，讓他好好思考一番。良久，年輕的署長總算開口了：

「確實很奇怪，我也從內部調查看看。阿誠，你的神經真敏銳。現在還不遲，要不要來當警察？」

我回答「饒了我吧」。自從生活安全課的吉岡試圖說服我加入以來，這已經是第二次有人想挖角我了，但我可不適合穿制服、戴帽子。

「別提這個了，瀧澤副知事是什麼樣的人？」

禮哥坦率地說：

「了不起的人。大學四年，他一直是第一名。進入警界的國家公務員考試，他的成績也是一流的。很多人都稱得上聰明或做事俐落，但我還沒看過聰明到像他那樣的人。瀧澤也曾是我的主管。大家常說頭腦敏銳的人像剃刀一樣，但他的外號是切割機，而且還是刃尖上鑲鑽石的那一種。任何東西都能切的鑽石切割機，這就是瀧澤前輩。」

似乎是個非凡的對手，我由衷折服。

「而且，他現在是競選下任都知事的第一候補。」

他嘆了口氣。

「不，他原本準備升任下屆警政署署長，但因為出了一點麻煩事，升官的機會就沒了。如果不是那樣，就算現任東京都知事再怎麼說服，前輩也不可能辭去警視廳的工作。」

我想起站在講台前的瀧澤。他給我的印象只有「不會在外隨便招惹女人的正派美男子」。

「什麼麻煩？」

「呃，這可是祕辛啊。前輩的太太以前是酒店小姐，她覺得自己會影響老公升遷，所以試圖開車自殺未遂，後來兩人因而離婚。阿誠，你應該多少知道公務機關的狀況吧。」

我知道，光是有離婚記錄，菁英就沒有未來了。扣分主義之極致。

「這樣呀。」

「或許因為這樣，他才會如此熱中於掃蕩風俗街。他想要盡可能解救更多不幸的女性。所以這次展開鳳凰計畫的原因，我認為出乎意料之外的單純。」

我抬頭看著西一番街的狹窄天空。在整片淡藍色的空中，連一片雲也沒有。天空明明這麼藍，為何有時看了會覺得它很悲傷呢？詩人阿誠。

「禮哥現在偶爾會和副知事碰面嗎？」

「定期會議時會碰到面。但自從他辭去警視廳的工作，我就沒有和他聊過私事了。」

「不過你知道他個人的聯絡方式吧？」

署長苦笑說道：

「知道是知道，但我絕對不會告訴你。」

我也笑了起來，準備切掉電話。我突然想到一件事，試著探問：

「最常告上池袋警察署的牛郎店糾紛，是哪一類？」

禮哥哼一聲笑了出來。

「你這傢伙，我又不是犯罪社會學者，竟然問我這種問題。好吧，我就告訴你，最常碰到的是與未成年客人相關的糾紛。」

BINGO！聽到「未成年」，我的腦中就浮現閃閃發亮的計畫。我想到好點子，可以嚴懲那個叫什麼大輝的蠢牛郎了。我現在好想在眾人環視的人行道上走走跳跳。苦思了十幾個小時都解不開的問題，一瞬間找到了答案。我對著手機大叫：

「禮哥，謝謝你！託你的福，我想到一個可以正中紅心的作戰計畫了。下次找你喝酒，我請客！再高級的俱樂部都行。」

「你在說什麼呀，阿誠？你是不是瘋了？」

我要瘋了也是應該的。因為，解決牛郎俱樂部「黑天鵝」的作戰計畫，會在之後成為擊落鳳凰的大功臣。這種事情，當時任誰都無法想像吧。連我真島誠，也沒想到那麼遠的地方去。

結束與禮哥的通話後，我想到的是清純派的妹妹郁美。如果要約她一起去聽東京藝術劇場的表演，選哪個鋼琴家比較好呢？反正我就是想聽頂級演奏家彈奏單純的鋼琴奏鳴曲，看能不能有「莫札特奇蹟❻」那樣的效果。在秋日的天空下，耽溺於羅曼蒂克夢想中的我，順利在一星期後將那隻以噴火羽翼包住整個池袋的鳳凰拉到了地面，動彈不得。

你看，人生真的很難說吧。

當天晚上，我在已經停止噴水的西口公園等人。公園四周的霓虹標誌或許是受到秋風的吹拂，顏色顯得格外鮮豔。東京藝術劇場的大屋頂變成了跑道，讓大落地窗可以一直延伸到沒有星星的東京夜空。

「嘿，好久不見啦。」

休旅車的窗戶無聲降下，傳來崇仔冰冷的聲音。同樣是在冰點以下，零下三十度與零下二十五度還是有區別的。池袋的國王稍微帶來了一絲溫暖。

「上車吧。這是你今年秋天第一項任務囉？」

❻莫札特的音樂有許多三千五百赫茲以上的高頻率橋段，經免疫音樂療法的學者研究，據說可刺激腦部，對生理機能產生正面影響。若由一流演奏家演奏，在更深的感動下，效果更好。

我像爬梯子似的進入了賓士RV的巨大車身裡。G少年所駕駛的休旅車像是要繞行JR池袋站，緩緩地在街上走著。從西口公園開到警察署那個角落時轉了彎，駛往「嚇一跳陸橋❼」的方向。

「崇仔，你們G少年有受到鳳凰計畫的影響嗎？」

明治通的那個路口又有人大排長龍等著吃拉麵了，不是在排「無敵家」，就是在排「光麵」。崇仔看著街道說：

「和我們沒有什麼關聯。就算經營風俗業，也不會雇用外國人。G少年是既不白也不黑的灰色，只要我們混跡在街道的陰暗處，無論警察或黑道分子都看不清楚我們的存在。」

我想像著G少年與G少女。他們正點的隨興風時尚，或許就是一種「都市型迷彩」，是讓他們融入水泥與玻璃的街頭游擊隊制服。

「找我有什麼要事？」

現在明明才十月，卻已經到處掛滿聖誕節的裝飾了。路上怎麼那麼多一整年都在發情的年輕情侶啊。

「借我女人。」

池袋的國王吃驚地看著我。

「喂，你不是在追什麼事件嗎？阿誠竟然也走到要我幫忙介紹女人的地步了？好吧，我會介紹最頂級的女人給你。你喜歡哪一類型？」

「未成年女孩。還有……」

崇仔啞然看著我。我是故意開國王玩笑的。

「可以的話，最好找那種有已成年的姊姊，姊妹又長得很像的女孩。」

崇仔的左拳輕輕地咻了一聲，在我頰骨前方停住。掃來的風讓我的劉海跟著擺動。

「這和什麼事件有關對吧？別開玩笑啊。」

我聳聳肩，把牛郎俱樂部「黑天鵝」的事告訴崇仔。音樂大學鋼琴系的女學生欠下大筆債務，如今在新型外送色情按摩店裡呈半監禁狀態。牛郎把債權賣給地方放款業者，對方又把女生送進風俗店，用身體來還錢。這是社會底層典型的物流體系。

插著手看著夜晚街道的崇仔開口了。他穿著冬天的白色皮夾克，以諷刺的口吻說道：

「那為什麼會需要未成年的G少女？」

德國製的休旅車通過了池袋大橋。陸橋兩側的百貨公司或賓館形成山崖，山頂都是霓虹燈，成為一座座華麗的夜晚山脈。

「我想同時懲罰牛郎俱樂部和那個叫大輝的牛郎，因此需要你手下的G少女幫忙。」

「要幾個人？」

「先幫我找四個好了。還有，剛才提到希望她們有已成年的姊姊而且長得相像，也是講真的。」

---

❼びっくりガード（girder）：正式名稱為「都道池袋架道橋」，連接東口與西口的電車陸橋，較靠近池袋站南側；上方為JR與西武池袋線行駛之電車軌道，下方隧道則供汽車與行人通行。

崇仔一臉不解。

「等你幫我找到人，我再一併說明好了。對了，G少年應該也有經常往來的律師吧？」

崇仔點點頭，一副理所當然的樣子。

「那介紹我認識吧。」

國王笑著說：

「真是服了你了。女孩子什麼時候要？」

車子駛過一家叫「常夏澡堂西瓜」的店。難以置信的命名品味。這種店名真的能吸引男性顧客前來嗎？

「明天晚上作戰開始。告訴那些女孩，記得帶姊姊的國民健康保險卡來。」

隔天傍晚，我們在西口的「Big Echo」KTV集合。偌大的包廂裡，來了四個G少女。有人穿著活力十足的緊身運動服，有人穿著露出半個屁股的超低腰牛仔褲，超短的格子迷你裙連大腿根部都蓋不住。冬天快到了，這種裝扮大概也只有性感度能拿滿分而已。每個人看起來都不像未成年少女。

「哎呀，好開心，沒想到崇哥會找我們來。」

她們無視於我的存在，垂涎地看著兩旁站著保鑣的崇仔。仔細想想，還不曾有女生以這種讓人招架不住的眼神盯著我看過。人啊，生來就是不平等的。在這間頭上轉動著鏡球的包廂裡，我開口了：

「注意一下這邊。大家都帶國民健康保險卡來了嗎？」

G少女們在有如玩具般的雙肩背包裡窸窸窣窣摸了半天，拿出那張卡片。

「借我一下。」

我從穿著緊身運動服的女孩手中接過保險卡。她穿了銀色的臍環。

「草野惠梨香，二十一歲呀。那妳的姓名和年齡是？」

穿臍環的女孩不知為何一面尖叫，一面笑著說：

「美智香，十八歲～唷。」

確認過大家的保險卡與姓名後，崇仔像是在鄉下觀賞業餘演出的觀眾，高高盤起腿，擺出嚴肅的表情。

「我想這樣可以了。現在聽好，有任務要交給妳們G少女。今晚要請各位到牛郎俱樂部去玩，是一家在西三番街、叫做黑天鵝的店。妳們就兩人一組去吧。」

光是聽到「牛郎」二字，年輕女孩們就興奮起來。

「我一直想去看看。」

「如果是那種猛男型的，怎麼辦才好啊～」

只有穿臍環的美智香特別冷靜。

「可是我們都沒有錢，要怎麼付呢？」

問了個好問題。我露齒而笑回答她：

「沒有必要付錢。」

有人叫道：

「咦～吃霸王餐嗎？會被扭送警察署耶。」

「不會報警抓妳們的。因為他們讓未成年少女喝酒，要是鬧上警察署，反而有事的是他們，必須歇業一陣子。」

有人說：

「耶！那就是玩多少賺多少囉。」

美智香的臍環被包廂裡轉動的鏡球照到，亮了起來。

「但對方應該還是會找上門來吧？」

我向崇仔點頭示意。他以冷酷的聲音說：

「我已經先知會我們的律師了，對方不會直接和妳們對上話，律師費與些許的賠償也都由G少年來出。妳們就盡情地玩吧。」

包廂裡充滿了高頻率的歡呼聲。我接著說：

「妳們聽好，那裡有個牛郎叫做大輝。一進店裡，就指名找他，再來就隨便妳們要做什麼了，就點最貴的酒來喝吧，像是香檳王之類的。粉紅香檳王或黃金香檳王都可以唷。」

這幾個無腦的G少女繼續喧鬧。

「哇～粉紅香檳、黃金香檳都行耶。」

我拿起桌上免錢的烏龍茶來喝。同樣是一杯飲料，有像這杯茶一樣免費的，也有一杯要價十萬圓以上的酒，夜晚的街道真是不可思議。我想像如雪片般飛向大輝的紅單子，順便想像他那張土撥鼠臉哭喪的模樣。我笑著說：

「大家聽好，G少女應該最擅長讓男人們high起來吧。妳們比比看哪一組能花掉最多錢，崇仔就會親那一組當禮物喔。」

「好死相喔～」

「要親在哪裡啊？」

「傷腦筋——」

崇仔苦笑地看著我。

「要親哪裡都行。妳們趕快出發吧！目標是把黑天鵝擊沉！」

G少女離去後，崇仔說：

「你每次的做法都讓我啞口無言。話說在前頭，我可不會親她們任何一人。」

派她們幾個出動後，狀況如何畢竟還是讓人擔心。與G少女們約好的凌晨一點，我和光一在西三番街等著她們。等到爛醉如泥的G少女們從地下室走過都是鏡子的樓梯回到一樓時，已經超過約定時間三十分鐘了。牛郎在送走客人時服務還真好，對她們又是摟肩，又是牽手，又是輕撫頭髮。

「那下次見囉！」

女孩們向他揮手，然後搖搖晃晃地像在空中漫步一樣往我們這兒走來。美智香注意到我，露齒而笑。

「就像阿誠講的，今晚是第一次來，他說錢以後再付就行了。事情順利得讓大家難以置信。」

黑天鵝想必一心要坑她們吧，讓她們賒帳，再交由擔任池上組漂白企業的地方放款業者追債，所以當然希望她們欠愈多錢愈好。另一個女孩說：

「實在太開心了，好像真的會迷上耶，超完蛋的。」

跟我戴了相同帽子的光一搖搖頭。我說：

「妳們聽好，這是國王指派給妳們的任務。如果任務完成後妳們繼續上牛郎店的話，我可是不負責喔。」

四個G少女在空無一人的西三番街上擺出模特兒般的站姿，以無辜的眼神看著我。

「不過，我們應該可以暫時盡情地玩，對吧？」

或許我不小心教了她們非比尋常的玩樂方式也說不定。我緩緩向她們點頭。

「可以這麼說。」

「好棒！」

「超開心！」

因鳳凰而呈現毀滅狀態的夜街上，傳出她們的歡呼聲。女孩們總有無止境的欲望，不管已成年或未成年都一樣。

思考過各種計畫後，我在清晨入睡，床邊音樂是早已聽膩的史特拉汶斯基《火鳥》。快中午時我才睡醒開店。老媽好像罵我為什麼隨便就沒去進貨，但我完全沒理她。

老媽應該已經發現，我手邊正在處理一些新麻煩。這份私底下的兼差工作，對於池袋多少還是有幫助。這點即使是老媽也應該能夠理解才是。

我一面看著電視，一面大口吃午餐。中午時段的節目無聊到讓我訝異。轉到當地的大都會電視台時，電視購物已經結束，開始報新聞了。瀧澤副知事突然出現在畫面上，他穿著白色風衣前去視察夜裡的太陽60通，四周都是隨扈。瀧澤以銳利的視線面對攝影機說：

「池袋的治安重建正順利進行。由於有地方居民的配合，鳳凰計畫已經讓街上的犯罪與危險大幅減少了。各位請看，可疑的吆喝以及兒童不宜、在路上拉客的外國女性都已經不見了。夜晚的池袋變得這麼安全整潔，還是戰後第一次。」

攝影機往旁邊一轉，畫面出現幾無人煙的街道。不光是沒人拉客了，連走在路上的客人都屈指可數。鳳凰就像是從高空撒下枯葉劑，把池袋的街道弄得光禿禿的。

「我出去一下就回來。」

我跟老媽說了一聲，不等她回話就跑下樓梯。雖然我拿鳳凰沒辦法，但也不能坐以待斃。首先必須解決郁美請我幫忙的事。我決定先集中心力於眼前的工作。除此之外，大家也沒有什麼可以做了。

我到上次去探路的風俗店免費介紹所，預約要去LoveNet，指名的當然就是郁美的姊姊和美，花名雪莉。不知為何，很多人都找和美，所以得等上九十分鐘。最新型的外送色情按摩似乎生意興隆。大家為什麼總喜歡最大、最新、最流行的東西呢？由於還有時間，我撥了手機。猴子的聲音很緊張。

「幹嘛啦，阿誠，我這裡現在忙得很。」

我刻意放慢語調說：

「先前你講過，我如果能阻止池上組的漂白企業再囂張下去，你們會有獎賞，對吧？」

猴子似乎一瞬間思考了一下。

「嗯，如果你能使出明顯看得出效果的招式的話。」

「讓LoveNet關門大吉，算嗎？」

這位羽澤組的涉外部長，聲音變得更大了。

「絕對算。但那家店連組對部都不掃蕩，你打算怎麼做？」

離預約的時刻還有一段時間，我一面看著大白天卻毫無活力的浪漫通，一面出謎題給猴子猜。

「警方對黑道組織和風俗店很強勢，對吧？那麼，他們拿誰最沒轍？」

「媒體？」

「不對，答錯了。他們真正沒辦法應付的，是像我們這種一般市民。普通人的聲音只要聚集起來，最讓他們無法抵擋。」

「所以，你在計畫什麼？」

「這個嘛，我等下要潛入愛的巢穴了。」

猴子在電話那頭笑著說：

「和你在一起真的永遠不無聊。錢的事你不用擔心，好好教訓一下他們吧！老大那兒我會幫你轉達。」

我道了謝，掛上手機。看吧，交朋友就要交那種過去一直遭人欺負的同學。各位好孩子都應該像我一樣和遭人欺負的同學交好。因為誰也不知道，哪天他竟然可以在黑道掙得一片天。

LoveNet位於浪漫通末端的七層樓建築裡。那裡更早之前是烤肉店與俱樂部，由於不景氣，整棟樓全變成風俗店了。後來池上組的漂白企業二十一世紀度假地買下整棟建築，才改裝為最新型的外送色情按摩。所有位於池袋鬧區的建築，都有它們自己的歷史。至於人們使用小毛巾與潤滑油的歷史，可就更久遠了。

我對著一樓的櫃台小窗口說：

「我是剛才預約過的真島。」

「好的，請您稍等。雪莉小姐現在正在準備房間，請在大廳等一下。」

櫃台前的大廳很寬廣，像露天咖啡座一樣，擺了幾組桌椅。電梯旁傳來噴水池涼涼的水聲。我頂多只等了六、七分鐘，感覺卻像兩小時那麼久。

「這位來賓，請上五〇六號室。」

我從櫃台人員手中接過鑰匙，朝電梯走去。這時電梯門剛好打開，就在要進電梯時，一個男的衝了出來，是個穿著炭灰色西裝的三十多歲男人，髮型梳得像銀行行員。我們兩人肩膀相撞，他手裡的筆記型電腦掉到地上，發出好大的「卡唧」一聲。

「小心點！」

他一邊大叫，一邊連忙撿起地上的筆記型電腦，確認有沒有損壞。

「如果壞了，我要你賠。」

和麻煩的御宅族起糾紛了。我本來是要找和美講話的，卻在最糟的時機碰上這種事。我無可奈何地說：

「不好意思。但你也沒有確認我在外面就衝出來了。」

「囉唆什麼？你有沒有名片？」

真是不巧，我打從出娘胎以來就不用名片。男子從口袋裡拿出自己的名片遞給我。

「寫上你的手機號碼和名字，壞了的話我會打給你。」

我拿著他的水性筆在名片上寫下本名與手機號碼，男子馬上拿出自己的手機撥打我的號碼，我牛仔褲裡設為震動模式的手機動了起來。男子露齒而笑，又給了我另一張名片。

「看來不是亂寫的號碼。這是我的身分。」

我看著名片。**二十一世紀度假地股份有限公司總務部長　梅中司郎**。是不是母公司派來視察現場的人呢？

「我趕時間，再見。」

我目送男子的灰色背影遠去。他已經開始中年肥的渾圓背影看起來挺忙碌的。最近的筆記型電腦都很便宜，只要裡頭的資料沒毀損，要我賠也不是什麼大問題。再度走進電梯時，我已經完全忘掉那個叫梅中的男人了。

⚜

雖然碰上倒楣事，但在打開五〇六號室的門時，我的心情就完全變成第一次前往風俗店消費的客人了。我並沒打算對和美做什麼事，卻隱隱感到焦慮。我慢慢打開門鎖，拉開不鏽鋼門。

「您回來了，主人。有任何事情，都請吩咐雪莉。」

在狹窄的玄關內側，穿著黑色女僕裝的和美跪坐在眼前。原來這家外送色情按摩也玩角色扮演呀。看到我抓著門把僵在那兒，女僕說：

「您請進來。門鎖一開，就開始計時了喔。」

看照片覺得她們姊妹很像，但現在因為黑色女僕裝與黑框眼鏡的緣故，變得很不像。我脫掉老舊的籃球鞋，走進裡面。在尋常地板的房間中央，擺著一張國王尺寸（king size）的大床。靠在牆邊的白色塑膠製沙發看起來光滑，但尺寸小到像是給兒童用的。

「我叫真島誠，今天不是以客人身分前來的。」

我一面從口袋拿出郁美給的照片，一面在沙發坐下。和美的臉色變了。

「又是那孩子呀。我都已經要她少管我了。」

和美在床上盤腿。黑色絲襪浮現玫瑰小花樣。腿形似乎不錯。

「為什麼要她別管妳？難道妳在這種地方找到了自己的天職嗎？」

和美隔著眼鏡狠狠瞪了我一眼。真可怕的女僕。

「少囉嗦。我們家的事，豈是你一個毫無關係的外人能了解的。那孩子從小就什麼都要學我，更糟的是，不管她做什麼都做得比我好。」

她從手提袋裡拿出香菸，點燃後大大吸了一口。女僕朝天花板吹出細細的煙。

「所以妳才迷上像大輝那種敗類牛郎？」

和美看著我的眼神像是看到什麼蟲子。

「那種男的已經沒差了。雖然他說喜歡音樂，但其實也只知道當紅的日本流行歌而已。對我而言，學鋼琴是出生以來第一次全力投入的事。我五歲開始學琴時就立刻知道，這個樂器是為我而存在的。無論練幾個小時，我也不覺得苦，甚至連鋼琴老師和爸媽都差點禁止我再練下去，說再練的話手會壞掉。我希望能在偌大的演奏廳裡好好表演蕭邦、李斯特或拉赫曼尼諾夫的曲子，那是我這個鄉下小學女生的夢想。」

和美對著看來廉價的白壁紙牆壁如此說道。

「這樣呀。我也很喜歡蕭邦的前奏曲與李斯特的《巡禮之年》。」

黑衣女僕略微斜瞅著我說：

「郁美是四歲開始學琴的。結果和繪畫、數學或英文一樣，不管她做什麼，都比我事半功倍。」

和美又開始吞雲吐霧，手裡同時轉動著銀色打火機，是刻有骷髏圖樣的狂野款式。她似乎注意到我的視線。

「嘿嘿，這是從那個叫大輝的牛郎那兒拿到的。跟我要那麼多酒錢，我拿他這個不算什麼吧。」

我聳聳肩。或許在這傢伙面前最好少拿出太昂貴的東西來。

「我們音大必須有教授的推薦才能出場比賽。今年夏天有場選拔考試，我落榜，但那孩子上了。後來老師對我說，是不是該思考一下別的生存方式，不要再想以鋼琴家身分開演奏會。就在那天晚上，我第一次到黑天鵝去。」

有人徹底粉碎了深藏在她心中長達十五年以上的夢想，而且那個「有人」正是她的親妹妹，是因為她們在才能與性向上有壓倒性差異嗎？我不禁慶幸自己不是鋼琴家。無論顧店或當個麻煩終結者，都不會有人說你「沒才能」，或是要你「快退出」。我看著和美的眼睛緩緩說道：

「即使妳不彈鋼琴了，應該也不需要從事風俗業吧。妳現在才剛進這行，要退出還來得及。如果就這樣下去會愈陷愈深的，搞不好因而在某個鄉下的站前色情浴場結束這一生。」

在這個業界，女生愈年輕就愈有價值，是一個不需要經驗與成熟度的世界。對錢的感覺一旦麻痺，日後就只能進入比現在更糟蹋自己身體的風俗業了。即便如此，也很難再像年輕時一樣好賺吧。那是個只為滿足男性欲望而存在的無邊地獄。

「這種事我知道啦。但你叫我怎麼辦？我連自己欠多少錢都不清楚。」

我換了話題，要開始講正事了。

「這邊有幾個女人像妳一樣，被黑天鵝當成流當品轉賣？」

和美點點頭說：

「嗯，據我所知就有五人左右。由於是在大房間裡等客人來，大家常閒聊。」

「這樣呀。我聽說這家店『可以做』是嗎？」

和美露出不耐煩的表情說：

「每個客人一開始都會問這件事。雖然公司聲稱是小姐自己主動做的，但其實是上面在推波助瀾。上面都說，那樣的話賺得比較多，錢也比較快還清，能早日恢復自由。不過這邊的房租和伙食費很高，沒人有把握何時才能走得出去。」

雖然這是暗黑世界裡早有的伎倆，但惡質的程度倒一樣沒變。所謂的最新型外送色情按摩，幾乎相當於人身買賣的系統了。

「我問妳，那五人之中，有沒有妳信得過的人？兩人的證詞總比一人要來得有力。這家店的所做所為應該完全是違法的，只要通報警方，順利的話馬上就能讓妳們重獲自由。」

光是斡旋賣春，以及超過利息限制法上限的高利貸款，便足以讓警方掃蕩LoveNet與一之木企畫了。不過可不能搞錯管道，現在池袋的警察分為直屬警視廳的組對部，以及轄區的池袋警察署。重要的是時機與正確管道。

後來我與和美商議了一個小時，就在快到九十分鐘時限之前，離開了最新型的外送色情按摩店。

幾天後的深夜，我和光一在西三番街的深夜咖啡廳等著女孩們到來。四個G少女每天晚上都到黑天鵝狂歡。我們相約的地方，是一家用懷舊的「太空入侵者」大型電玩機台當成桌子的昭和店面。反差真大。

G少女們過了深夜一點半才到。她們一股腦兒坐在有彈性的沙發上，超短迷你裙連大腿上段都露出來了。穿著蛇紋連身洋裝的女孩說：

「再怎麼貴的香檳王，喝久了也會麻痺，現在已經完全不覺得好喝了。」

才十幾歲就已經嘗過這麼貴的酒，這些女孩的未來堪慮。就在我為她們擔心時，美智香說：

「誠哥，我看差不多了，今天那個土撥鼠臉的牛郎叫我們一次付清欠款。」

「金額多少？」

「我不太確定，好像是每人三百萬圓左右。」

四人合計一千兩百萬圓。大輝以為掌握了一之木企畫這個回收管道就能有恃無恐，所以才任由這些未成年少女盡情消費吧。但是外送色情按摩店再怎麼先進，也不可能讓未成年少女工作。大輝死定了。

「那明天就依計畫進行吧。打手機給大輝，告訴他付不出錢來，保險卡都是姊姊的，自己還未成年，然後把G少年的律師電話告訴他們。知道嗎？」

女孩們喝掉的一半帳款六百萬圓，會變成大輝欠黑天鵝的錢。才短短幾天就背了這麼大筆債務，那個土撥鼠牛郎總算可以好好體會那些掉入黑天鵝陷阱的女孩們的心情了吧。光一敬佩地說：

「大哥果然厲害，竟然想得出這種計畫。」

每次都是男生這樣誇我。G少女們開始自顧自地為了要讓池袋的國王親她們哪裡而興奮起來了。勞心勞力的我則像個白痴一樣。這是天才與非天才的差異，我總算也稍微體會到和美的心情了。

為了讓大輝那顆不靈光的腦子多想想，我又多給了他幾天時間。這段期間，我用手機與和美取得聯繫，為使出終極祕密武器做最後的確認。這項武器太過危險而不能太常用，但由於這次的獵物是盤旋於池袋上空的鳳凰與京極會池上組，其分量足以當我老媽的對手了。如果要我來說，池上組和我老媽幾乎是屬於同一量級的。想必是一場精彩絕倫的對決。

我一面繼續顧店，一面有耐心地等待正確時機。這時候顧店變得格外有趣。我輪流播放著史特拉汶斯基、普羅高菲夫、蕭士塔高維奇這三位俄國作曲家的小提琴協奏曲。我最喜歡的是蕭士塔高維奇的一號協奏曲，裡頭的第三樂章 Passacaglia 有獨奏的部分，很像在地獄之火上跳舞，十分適合燒得奄奄一息的池袋。但沒有永遠不熄的火，也沒有永遠在空中飛的鳥。

我的作戰應該能夠順利進行。問題在於，會不會在超過目標點之後還往前衝太多。

X-Day 是準備召開鳳凰會的星期五傍晚。

我向老媽使了個眼色，走出店門。就像時代劇裡點打火石送客，老媽眼中冒出了不遜於那種火花的鬥志。這也難怪，水果行的收入掉了四成，想當然是恨之入骨了。

到西三番街，走路大約四分鐘左右。之前那個穿著廉價西裝的金髮小夥子一樣在黑天鵝門前打掃。我裝出很熟的聲音問他：

「嘿，大輝先生在嗎？」

小鬼默默點了頭，指著通往地下、全是鏡子的樓梯。一如往常不講話。這種人幹得了牛郎嗎？

「這兩、三天，大輝是不是很煩躁？」

小鬼首度抬頭看我。

「超煩躁的。他以前根本沒有那樣指導過後輩，我被他揍得很慘。」

他似乎以為我是大輝的朋友。

「這樣呀。我去說說他吧。」

「喔斯❽！」

瞧他外表光鮮像個牛郎，骨子裡卻是個運動社團型的人，真讓人意外。我走下樓梯，進入位於地下室的黑天鵝。我沒和任何人打招呼，逕自走向化妝間。好像有人在裡頭踢飛什麼東西，發出了巨響。我開門探頭進去說：

「大輝先生在嗎？」

土撥鼠臉轉向我。他的正前方有個小鬼正襟危坐。

---

❽おす：漢字常寫為「押忍」，在空手道或體育社團之類的團隊中，成員會簡短有力地發出「喔斯！」的聲音，作為激勵精神、打招呼、道早安或表達「是」、「知道了」之意。

「幹嘛，又是你啊！我不是說別再來找我嗎？老子沒空理你！」

他一開口，額頭就青筋暴露，感覺得出來滿焦急的。我裝出一個早就練習好的笑臉。不知道這樣子會不會有牛郎俱樂部想挖角我。

「如果我說，我來找你是要談談那四個未成年少女捅的婁子呢？」

大輝的土撥鼠臉變了，眼睛像第一次看見陽光一樣瞇了起來。我說：

「我們去外面談吧，耽誤你一點時間。」

我們閒晃穿過常盤通，進入沒有客人的純喫茶店。店門是紫色的玻璃，是一家歷史悠久的店。我們點了熱可可與冰咖啡，開始交談。

「你怎麼知道那些女孩的事？我看你不是等閒之輩。」

我伸手拿起熱可可，喝了一口。

「等等，你剛才那番話應該去找雇用我的人說。一個頭兩個大的是你，不是我。你竟然向不能下手的女孩下手。還記得城北音大鋼琴系的那個女大學生吧？」

他似乎正在絞動自己為數不多的腦汁。我不耐煩地說：

「就是你把債權賣給一之木企畫的女生，現在在LoveNet的那個。」

「嗯，之前你來問我的那個女的是嗎？她怎麼了？」

我放低聲音，將身體往他的方向探過去。

「那個女孩的老爸是和歌山一帶的大哥，最近似乎帶了手下來到池袋，要把女兒帶回去。把那批未成年女孩送去你們店裡消費的，就是他。」

這些全是我瞎掰的。這麼單純而容易理解的故事，應該比較容易取信於大輝吧。

「為了把你搞垮，她老爸本來還想派更多女生去的，但是我極力反對。這種做法只會讓你一個人吃虧，黑天鵝卻完全不痛不癢。說到這裡，無論黑天鵝或LoveNet都一樣，把骯髒工作丟給手下去做，最後還給你紅單子。」

大輝放在桌面的雙手緊握成拳狀。六百萬圓的紅單子，即便紅牌如他，應該也是很沉重的負荷。大輝憤恨不平地說：

「我做這份工作還不到一年。可惡，本來以為這次那四個女的可以讓我坐上店裡的第一把交椅……你說我該怎麼辦？我現在還欠債，根本沒有存款。」

「這樣呀。店裡怎麼處置？」

「他們要我半年不支薪繼續工作，而且把我貶為最低階層的牛郎，每天開店前要打掃。」

我看著眼前這個滿眼血絲、悲慘不已的年輕牛郎。隔了一會兒我說：

「這樣吧，你就好好地把那個女的從牛郎俱樂部賣出去的管道講出來。這樣的話，我可以請那位和歌山的老大幫你還錢。」

大輝誠惶誠恐地看著我。他額頭滴下的汗珠似乎並非暖氣所致。

「你要我講給誰聽？」

「池袋警察署的生活安全課。」

「我辦不到。一之木企畫是池上組的漂白企業耶。」

「那你就每天掃你的西三番街吧，街道乾淨一點的話，我也開心。你真的想要工作半年沒薪水嗎？你又沒欠黑天鵝或一之木企業什麼。再說，你把事情講出來絕不會洩漏半點風聲。」

之後，我一面喝著冷掉的可可，一面耐心等他回答。像大輝這種男人，只要顧好自己就行，沒有什麼要保護的。他可以毫不猶豫地背叛任何人，也以為每個人都會背叛他。對他來說，世界很無情。

「我知道了。你要我什麼時候過去講？」

三分鐘後，他講了這句話，然後把變淡的冰咖啡一飲而盡。

當天傍晚，我早早關了水果行，和老媽一起前往車站另一側、位於東口的豐島公會堂。只是去池袋鳳凰會露個臉而已。由於公會堂位子很多，後面的座位很空。正當我遠遠看著議事進行時，有個男的若無其事在我身旁坐下，是池袋警察署生活安全課的刑警吉岡。和他之間的孽緣，從他還在少年課時就開始了。

「署長要我向你問好。這次是什麼事，阿誠？」

我放低音量說：

「或許可以把組對部弄個措手不及。你應該從禮哥那兒聽說了吧？池上組有管道搭上了組對部。」

「嗯。組對部那些傢伙突然空降過來，隨心所欲玩弄池袋，就只會頤指氣使叫我們到處取締而已。」

我告訴他關於牛郎俱樂部與池上組新型外送色情按摩的事。我已經取得大輝那個牛郎的證詞，兩名被害女子也會前往池袋警察署，而不是設在東京都健康中心的組對部。而且，店家還強迫旗下女生和客人做全套。吉岡吞了一下口水，拍拍我的肩。

「如果你是我部下，我一定表揚你。那間外送色情按摩店很有名，因為組對部的傢伙一直都不對它出手。你的目光真是敏銳呀❾。」

居然抄人家的企業廣告詞，真是沒品味的刑警。

「所以呢，為什麼要把我叫到這種地方來？」

我露齒而笑說：

「你看著吧，等下就開始了。」

就在會議快要結束時，一如往常平淡無奇的池袋市民會議，因為突然出現的提案而喧鬧起來。以我老媽為首，一些西口商店會的有志之士站了起來，要求用麥克風講話。老媽對著送來的麥克風大吼：

「浪漫通附近的LoveNet，據說要求女生和客人做全套。那裡是池袋現在最有人氣的風俗店，組織犯罪對策部的人卻說它是毫無問題的合法店家，讓地方上的我們無法接受，請好好調查一番。」

老媽講完後，麥克風傳給一個男的，是在浪漫通開咖哩店的老伯。我睜大眼睛對吉岡悄聲說道：

「怎麼樣，組對部會有行動嗎？」

---

❾與日商Sharp的廣告詞雷同。

講台上的桌子旁，東京都官員與穿著制服的組對部成員露出了訝異的表情。原本應該是風平浪靜的例行會議，怎麼會在最後三分鐘碰上暴風雨。

「這很難說，我想應該不太可能馬上行動。」

「我就說吧。不過既然地方上的商店會已經有人告發，又有女生自己跑去署裡，再加上來自牛郎的內部證詞，池袋警察署會怎麼做呢？」

吉岡大笑起來，比剛才更用力地拍著我的肩。

「阿誠，你真是個好孩子。這件事署長知道嗎？」

「嗯，電話裡講過。」

吉岡站了起來。

「明天也許就有好消息告訴你了。這麼一來，就可以抓住那家外送色情按摩店和一之木，狠狠朝肚子的地方咬下去。組對部的菁英們面子應該會掛不住吧。」

吉岡穿著我從國中就常看他穿的那件化學纖維製外套。只見他外套一甩，意氣風發地走出了公會堂。老媽還拿著麥克風在大吼：

「什麼狗屁鳳凰！根本是連街上還活著的人都一起燒死，才不是什麼重建治安與安全呢！是想殺死我們嗎!?」

真可怕的表情。我很慶幸自己沒和這種女人為敵。

當天晚上，我立刻從豐島公會堂回到西口，在浪漫通的角落等待和美。剛過約定的八點半，便看到和美與一個素未謀面的年輕女子兩手空空走了過來。十月已近尾聲，東京變得相當冷，她們卻只一身開襟毛衣和薄薄運動服的輕便裝扮而已。嘴唇發抖的和美說：

「我們說要出來買菸，就跑掉了，只拿了手機和皮包。」

雖然臉色慘白，但似乎因為對於即將到來的事相當期待，語調聽來還滿high的。我晃晃垂著吊飾、發出輕微碰撞聲的手機，對她說：

「走吧，我認識的刑警已經在池袋警察署等妳們了。」

路程雖然不到五分鐘，但為了以防萬一，我們還是走到劇場大道坐計程車過去。

警方結束對和美做的筆錄時，已經超過晚上十一點了。郁美穿著之前那套白色女裝上衣和深藍色喇叭裙，和我一起坐在走廊長椅上等她出來。好像在玩昭和中期音樂老師的角色扮演。和美走出生活安全課的偵訊室，注意到我和郁美，停下了腳步。

「姊……」

郁美哭了。穿著牛仔褲、披著開襟毛衣的和美抱著自己的身體，在我們面前站定。

「哎呀，怎麼又變成這樣啦。我從來沒想過要妳這麼幫我呀。」

被妹妹救了的姊姊似乎很難為情。為了不破壞永遠互為勁敵的姊妹重逢的美好氣氛，我決定離開那兒。最後我說：

「和美，妳要怎麼看待妳妹是妳的自由，但她連要用來留學的些許資金，都因為這次的事而花掉了，只為了把妳從那種店救出來。別管誰的琴彈得好、彈得差了，妹妹這麼挺妳，多想想她的心情吧。」

和美睜大眼睛訝異地看著我，然後又緩緩地看著妹妹的眼睛。我丟下相擁而泣的女孩們，離開池袋警察署。

⚜

隔天星期六晚上七點，池袋警察署對外送色情按摩店Lovenet、金融業一之木企畫以及牛郎俱樂部黑天鵝展開強制搜查。共計三十八間包廂的外送色情按摩，據說幾近客滿狀態。那些正在和小姐們做的上班族，想必驚嚇到不行吧。店裡共四十六名員工與小姐們，當場被帶回警察署。位於綠色大道的一之木企畫則被起出並帶回二十多個紙箱的相關文件。牛郎俱樂部的負責人與數名幹部也接受了偵訊。

當天直到深夜，我的手機響個不停。最先打來的是羽澤組的涉外部長猴子。

「幹得好呀，阿誠！這樣子那間外送色情按摩就關門大吉了，一之木那些傢伙應該也會暫時乖乖的。我們老大對你讚譽有加，說只花那點錢實在太便宜了。」

我原本就打算由豐島開發和羽澤組代為支付大輝與和美的所有欠款。怎麼可以讓妹妹用掉留學資金呢！接著打來的是池袋的國王崇仔。

「都是你亂開玩笑，她們當真了，現在死纏著我索吻。等外送色情按摩的事情解決後，也幫我處理掉這些麻煩吧。還有也別忘了答應要給那些女孩的報酬呀。如果有什麼需要，再找我吧。」

這麼高高在上的人承諾幫我，真教我感激不盡。

「嗯，等你親她們親膩了之後，我們再找個地方喝一杯。」

崇仔沒回話就切了手機，不過我知道他在偷笑。認識他這麼久了，這點事我還是知道的。雖然我很缺女人，身旁卻有很多好男人。光是如此，人生就已經很開心了。最後打來的是吉岡。

「組對部的傢伙氣瘋了，跑來我們署裡抗議，真想讓你看看他們的表情呀。說什麼不可以擅自行動之類的，他們似乎完全搞不清楚自己在做什麼。後來我們署長巧妙地反駁了他們的抗議，說是緊急狀況下的救援性搜查而已。你的時機抓得真好，組對部在鳳凰會也聽到針對外送色情按摩業者的投訴，但由於那些受害的女孩在我們的掌握中，讓我們搶得了行動先機。我想他們的抗議應該不會持續太久。明天報紙應該會大大地刊出來吧。」

我說了聲謝謝，切掉電話。第二天的早報，禮哥，不，池袋警察署的橫山禮一郎警視正給了這樣的評論：

「很高興這次的強制搜查，能對東京都正在推動的治安重建計畫有所貢獻。今後我們希望能與組織犯罪對策部更加緊密合作，為守護池袋街道而戰。」

無論政治家或警官，要當個菁英可真累人。在水果行顧店可不需要這種政治性發言，輕鬆得很。

我原本以為所有事情就這樣結束了，只剩下一點麻煩工作要解決而已。但很遺憾，就像莎士比亞說的：「結束就是開始，開始就是結束。」每次一發生什麼事，世上的人都知道要去找莎士比亞這位鬼才所寫的台詞來感嘆一番。

出事的訊息來自於我所認識、很會彈鋼琴的普洛斯帕羅❿，難得晚起的星期一早上，我那四疊半的房裡響起手機聲。

「幹嘛啊？大清早的。」

我還沒清醒，就聽到耳邊傳來郁美的聲音。

「有好幾個男人在我們這棟大廈前面逗留。」

聽起來莫名其妙。跟蹤到曾經接受警方保護的被害者家中，無異是自殺行為，實在不像黑道會幹的事。

「妳們兩個最好待在房裡，我馬上過去，暫時先別報警。無論發生什麼事，都不可以開門。」

我跳了起來，穿上昨晚脫下的牛仔褲。雖然已到開店時間，我還是只跟老媽講一聲就跑到路上。

目白四丁目是高級住宅區，路上都是樹籬與紅磚道。獨棟房的停車場裡，不是賓士就是BMW，偶爾也會看到Jaguar。從我家走路到這兒才十分鐘不到，路上的空氣就好像到了某處高原，與都心完全不同。我走向瀨沼姊妹所住的大廈。在貼著淺駝色磁磚的大門前，站著四個男的，往上直盯著三樓的房間看。我保持一段距離觀察他們。

他們身穿深灰色或深藍色西裝，頭髮梳得很整齊，還提著黑色的公事包，似乎不是黑道一類的人，倒像是一群銀行行員。其中一人頭轉了過來，那長相好像在哪裡看過。是去LoveNet時在電梯碰到的叫梅中的男人。我連忙拿出塞在錢包裡的那張名片：二十一世紀度假地股份有限公司總務部長。這麼高階的人，怎麼會親自追到和美的大廈來呢？我走到目白通拿起手機，打給姊姊和美。

「我是阿誠，已經到妳們家附近了。那些男的是之前那家外送色情按摩店的母公司員工。」

和美毫不訝異地說：

「嗯，我知道。那個叫梅中的男人，以前是我的常客。」

真教我啞口無言。那傢伙竟然泡在自己公司經營的店裡，公私不分也該有個限度吧。就在我還在驚訝時，和美說話了：

「那個變態最愛看人家穿黑色絲襪，每次都帶自己喜歡的牌子去。他們從剛才就一直按門鈴，叮咚叮咚的吵死了。」

---

⑩ Prospero：莎士比亞作品《暴風雨》中懂魔法的米蘭公爵，以法力製造暴風雨，將奪去王位、放逐他的仇人捲到他所處的荒島上復仇。

目白通的銀杏樹整個染了色，經由秋天陽光的照射，它們變成了熊熊燃燒般的金黃色。這條路和池袋其他地方很不相同，它的氣氛會讓人覺得身處某處度假勝地的大街。連我都想吃起露天咖啡座賣的法國吐司了。

「他們說了些什麼？」

「只說有點事要找我談，說欠錢的事可以作罷，但有件事想問我。」

我完全摸不著頭緒。要勞駕四個大男人前來，會是什麼重要的大事嗎？隸屬於他們的外送色情按摩店與地方放款業者遭到舉發而被搜索，總公司二十一世紀度假地應該也會陷入一片混亂才對。

「能不能設法問出他們的來意？先別掛我電話，到對講機問問看。」

「知道了。」

手機那頭傳來沙沙作響的移動聲，我坐在欄杆上聚精會神聆聽。我的目光和一位帶著吉娃娃散步、氣質不錯的老奶奶對上，輕輕向她點了個頭。那隻吉娃娃身上還穿著背心。接著我聽到叮咚聲與電子音樂門鈴聲。和美說話了：

「你們再這樣賴著不走，我可要叫警察囉。你們從剛才就一直按呀按的，到底有什麼事？」

「我說雪莉呀，就是有點事要找妳聊聊嘛。」

電話那頭聽得見總務部長有如貓叫的聲音。迷戀黑絲襪的梅中。

「請你們回去吧，這樣會打擾到其他鄰居的。如果你不先說找我有什麼事，我就要報警了。」

和美這女孩真是機伶，這麼一來即使不彈琴了，還是有很多方式可以混飯吃。

「好啦、好啦。其實是我丟了一個很重要的東西，卻不記得是掉在哪裡，現在煩惱得很。所以現在正前往每個可能掉的地方一一搜尋。」

重要到這種地步的，會是什麼東西呢？和美似乎也有相同的想法。

「你到底掉了什麼？」

梅中的語氣似乎變得慎重起來。

「這個就不能向妳透露了。只能告訴妳，那個東西很小，裡頭有對我們公司來說極其重要的東西。」

「我完全沒有印象。如果我想起什麼，會和梅中先生你聯絡，今天請你們先回去吧。」

我一面沐浴著秋天陽光，一面動腦思考。和美應該什麼都沒帶就逃離了LoveNet，只拿著手機和錢包而已。或許是梅中搞錯了吧？手機那頭傳來和美的聲音：

「阿誠，他們走之後，你上來一下。我搞不好不小心拿走他們的重要東西了。」

❦

我馬上回到那棟大廈。不愧是住滿音樂大學學生的建築物，牆面與門都很厚，還有兩層柵欄。客廳中央氣派地擺著一架長兩公尺以上的三角鋼琴。

我一走進屋裡，和美就揮揮手機，吊飾末端的飾品發出輕微的碰撞聲。她露齒一笑說：

「梅中一講我才知道。之前我從他的手提包裡拿了這個。」

和美從那個飾品裡面，拿出一個粉紅色的小小塑膠盒。

「看到以後覺得好可愛，所以我就拿走了。這根本不適合他那種人，對吧？」

她不但不好好練琴，手腳還不乾淨。和美使勁把橢圓形小蓋子往旁邊一拉，裡頭出現一個金屬接頭。從大小看來，是個只有幾公分大的USB隨身碟。

「那個男的一定就是在找這個。一起看看裡頭有什麼吧。」

我們三人朝和美的寢室走去。窗前的書桌上有一台掀開的筆記型電腦，和美開啟電源，插上USB隨身碟，然後從「我的電腦」裡選了隨身碟，點了兩下滑鼠後，將它打開。由於我是Mac派的，所有動作都交由和美負責。

十五吋的液晶螢幕上出現許多物件圖示，我逐一看著檔名。二〇〇五年度上半期事業計畫、同年資金計畫、LoveNet第三、第四季業績……看來看去都是這些充滿資本主義色彩的檔名。

「不知道二十一世紀度假地的地下帳本是不是也在裡面。」

我從和美手中接過滑鼠，一面動著滾輪，一面查看檔名。在倒數第二行的最旁邊，我看到了那個檔案：瀧澤副知事後援會政治獻金清單。

「這是什麼啊？」

再點了滑鼠兩下。開啟的文件在最開頭的地方，以歌德字體寫著一樣的標題。我往下讀著表格裡的東西。二十一世紀度假地公司似乎從去年夏天開始提供瀧澤武彥後援會政治獻金，一開始很遵守政治資金規正法，只有幾萬圓而已。往表格右方看過去，有一欄是「是否拿到收據」，每一格都打著「〇」。

但是從今年春天開始，提供獻金的方式變了，新增了「特殊獻金」的項目。每次的金額以一千萬圓為單位，最大的一筆是在八月，池袋鳳凰計畫開始前不久的時候，有一筆四千萬圓的特殊獻金。特殊獻金似乎沒有開收據，「是否拿到收據」的地方都是空白的。

我看看欄外，在＊字號後方，加了這樣的備註：特殊獻金均直接交給後援會會長或T本人。

我又看了插在筆記型電腦側邊那個粉紅色的USB隨身碟一眼。這麼一件小東西，裡面竟然可以裝進足以毀掉政治家生命的情報，真像是阿拉丁神燈。

那麼，要拿這個來做什麼好呢？我開始認真思考三個願望。

我把USB隨身碟放進口袋，回到水果行。我還是有生以來第一次懷抱著這麼大的祕密走在街上，總覺得步履特別輕巧，好像在雲上漫步。

午後我一面顧店，一面思考這件事。該怎麼做好呢？為了池袋，我應該怎麼做？這個情報會流入我手中，背後應該有什麼不為人知的原因才是。一定是不知何方神聖，從祂那比池袋鳳凰還高的空中寶座上，希望我替祂辦點事吧。我一面賣著太陽富士蘋果、長十郎梨與溫室草莓，一面這麼想著。秋日陽光漸漸暗去的傍晚五點，我打電話給禮哥。署長心情很好地接了我的電話。

「幹得好啊，阿誠。我們總算不必再被組對部使喚了。雖然對我升官沒有太多正面影響，還是覺得心情暢快。」

「這樣呀，真是太好了。」

我看著照著夕陽的店門口。人生到底會碰到幾次讓人心情這麼沉重的夕陽呢？

「怎麼啦？你好像沒什麼精神，今晚要不要去喝一杯？我今晚沒事喔。」

我輕聲笑笑。勢必得告訴禮哥吧。

「那你再幫我找另一位來賓出席。」

「嗯，好啊，誰呢？」

我嘆了口氣說：

「禮哥的前輩，瀧澤武彥東京都副知事。」

「他沒辦法啦，他可是超人般的忙碌呢。」

「不，他一定會來。你就說有個小鬼知道所有關於二十一世紀度假地特殊獻金的事。」

池袋警察署署長的聲音焦躁起來。我又重複了一次：

「禮哥，你聽好，我不是在開玩笑，這可是攸關副知事政治生命的問題，所以我想直接和瀧澤先生談。你聽清楚了吧？是一切關於沒給收據的特殊獻金的真相。」

「我知道了。既然你都這麼說了，我就試著打看看。但我不知道他會不會答應。」

「謝了，禮哥。」

講完這句話，我就掛了電話。真的十分不可思議，我們為什麼不能滿足於只賣每包五百圓的草莓呢？無論新型的外送色情按摩或特殊獻金都一樣。人為什麼不知滿足呢？

永生不滅的火鳥到底是以什麼樣的眼神，看著地上這些愚蠢的人類呢？

五分鐘後禮哥回撥給我。這位署長以吃驚的聲音說：

「你到底施了什麼魔法？瀧澤先生已經指定好見面地點了，新宿的東京希爾頓飯店，今晚十二點在大廳碰頭。」

「知道了。」

禮哥訝異地對我說：

「我說阿誠，你應該不是哪個國家的情報員吧？」

我笑著說：

「哪裡會有像我這麼窮的007情報員啊，我只是個顧水果行的，這點禮哥應該最清楚吧？」

池袋的警察署長以開朗的聲音說：

「嗯，我知道。這下我非得重新看待水果行的店員不可了。」

我總算為全日本低所得的店員們盡了一份心力，讓他們贏得名譽。這麼說來，我的工作也還不壞嘛。

當天我和光一約好一起吃晚飯。但是必須先為USB隨身碟裡的情報買個保險。把店交給老媽後，我往太陽60通對面的Denny's走去。Zero One還是一樣坐在窗邊的座位，眺望著窗外。我一走到四人座位前面，他就以瓦斯漏氣般的聲音對我說：

「那棟建築就好像我們的墓碑。」

還是那顆植入了鈦合金的光頭。他抬頭看著被窗戶切成兩半的太陽城說：

「我一整年都這樣看著那棟建築。哪天我死了，想要埋在它的跟前。這次有什麼工作要找我？」

Zero One的情感不是類比式的，並不連續。他這人從裡到外都很數位，突然就從傷感情懷跳到生意上。我把USB隨身碟放在桌上。

「如果我今晚沒和你聯絡，就把裡頭的情報傳送到東京各大報與各大電視台去。是很重要的情報。」

「如果阿誠和我聯絡的話呢？」

「就把所有情報全數刪去。」

他把粉紅色的透明小盒平放在手掌上。

「真不可思議，每次一看到你，就會覺得真實世界並不如我想像般的那麼無聊。你等等，我把東西拷貝進去。」

檔案沒多久就拷貝完畢。我接過隨身碟，對Zero One說：

「真實世界雖然不壞，但我有時候反倒會羨慕你呢。不是黑就是白，不是零就是一，這種二分法真的很輕鬆。」

Zero One咻咻作響地呼著氣。這是在笑嗎？難不成他以為自己是星際大戰裡的黑武士達斯．維德呀!?

然而，對方也不是省油的燈。那天我才知道，太過得意忘形有多危險。

老媽自從上次豐島公會堂那件事以來，就一直保持高昂的鬥志，而且那家外送色情按摩也因為池袋警察署的強制搜查而倒閉了。我才剛要出門，她就從背後對我說：

「給我等一下。已經沒有什麼事要我做了嗎？」

沒錯，終極武器不能再使用了。如果再用，組對部那些傢伙就太可憐了。

「你好，阿誠。你好，伯母。」

以特種行業訓練出來的端正禮儀，光一深深一鞠躬。會在西一番街做出這種舉動的，大概也只有他了吧，實在是搶眼到不行。而且他竟然又穿了和我一樣打扮的服裝。XL的霜降灰連帽外套，配上寬鬆牛仔褲，頭上戴的是聖路易紅雀隊的棒球帽。真像是我的影武者。

「下次再有什麼大事件，我會再請老媽幫忙，因為我不想太一面倒贏別人。走吧，光一。」

我們打算去西口一家新開的泰國料理餐廳。池袋其實是知名的民俗城，亞洲各國料理都可以在此便宜吃到。越南、泰國、菲律賓、印尼、蒙古，可說應有盡有。有時候還會碰到沒有日文菜單的店，不過點菜可就累人了。

「對了，你等一下。」

我爬上二樓，想說至少把連帽外套換掉。兩個男的穿這種情人裝去吃晚飯，實在讓人不舒服。但這就是錯誤的開始。我才剛在二樓四疊半的房裡脫掉外套，老媽的慘叫就傳了上來，接著是在路上快步跑走的腳步聲。有不好的預感。我就這樣裸著上半身衝下樓梯。

「你沒事吧，光一！我們馬上叫救護車！」

倒在地上的不是老媽，而是光一。我拿起手機，馬上叫了救護車。雖然很著急，但還好沒有講錯自己家的住址。老媽說：

「有個年輕男的突然從陰暗處跑了過來，從光一背後刺了他之後逃掉了。為什麼會發生這種事？」

光一就這麼在驚嚇中失去了意識。不知道是不是因為出血，他的臉色像冰塊一樣蒼白。我跪在光一身邊，撿起掉在血泊中的棒球帽。我和老媽對看，老媽似乎明白是怎麼一回事了。

「所以那人把光一誤認成你，才刺殺光一的嗎？這孩子成了你的替死鬼？」

老媽嚎啕大哭起來，大喊：「你不能死，你不能死。」自從老爸去世以來，我就沒聽過老媽出現這種不知所措的語調了。五分鐘後救護車到達店門口，巡邏車的警笛聲也愈來愈近。我對老媽說：

「對不起，我今晚有個非見不可的人。光一的事就拜託妳了，我沒辦法去接受警方偵訊。」

老媽抬起頭。

「你要見的人，和幫這孩子報仇有關嗎？」

我點點頭。我一定是礙到池上組的某人了，組對部搞不好已經洩漏出這次祕密行動的消息。救護人員忙著幫光一止血、吊點滴，然後把他抬上擔架載走了。

「我打算今晚收拾掉鳳凰。」

老媽滿眼血絲對我說：

「你趕快去吧，阿誠。可不許輸著回來啊！」

在警官趕到前，我連忙離開變成刑案現場的家門口。

我馬上先撥給崇仔。他的聲音在隆冬即將到來前更顯寒冷。

「怎麼了？」

「有人認錯人，誤刺了一個和我相像的傢伙。就在我家店門口。」

崇仔比誰都了解我，我絕非那種打不還手的人。他放低音量說：

「你打算怎麼做？」

「希望你能借我四個保鑣，和先前請你幫忙的事另外算錢。我要最頂級的人。」

崇仔淺淺笑了笑說：

「那就我親自帶三個人去吧。你在哪？我馬上過去，待在那兒別動。」

我就在西口圓環一隅的派出所前。池上組再怎麼屬於武鬥派，也不可能在這兒再襲擊我一次吧，但我還是止不住心中的恐懼。直到G少年的休旅車到來前的十五分鐘內，我一面發著抖，一面緊靠在派出所的牆壁上。

午夜十二點，整個東京希爾頓大廳寂靜到不行。我站在大廳一邊，周圍有三名G少年，崇仔負責守我背後。就在約好的時間，穿著三件式西裝的禮哥從電梯那頭走了過來。他看看我四周說：

「這些人是？」

我點頭回答：

「我的保鑣。」

「他們不能全部進房間耶。」

「沒關係，就讓他們在門口等。」

「嗯。」

我們湊在一起向電梯走去。房間是二十四樓的套房，是瀧澤副知事訂的。我在鋪著厚地毯的走廊對崇仔說：

「你們在這兒等我，別讓任何人進去。」

國王以王者般的氣定神閒態度向我點頭。

「我答應做的事，可有失敗過嗎？」

我也點點頭，和禮哥一起進了套房。

房裡只略微點了間接照明。新宿街道的喧囂，在這裡完全感受不到。一位穿著西裝的高大男子站在窗邊，那是完全無法開啟的超高大廈窗戶。瀧澤頭一回，以訝異眼神看著我。

「我早有心理準備，這樣的事不可能永遠隱瞞下去，但沒想到最後來告訴我掌握這個祕密的，會是像你這樣一個少年。」

我早就過了少年的年紀了。禮哥說：

「瀧澤前輩，他雖然只是個賣水果的，卻是可以信任的人。二十一世紀度假地的特殊獻金，到底是怎麼回事？」

說明起來還真是麻煩。我把捐給後援會的政治獻金清單遞給瀧澤，他接了過去，視線在清單上迅速游走。然後他頭一轉，把清單交給身旁的禮哥。禮哥看著紙面不久，就臉色大變。

「向池上組的漂白企業收取地下政治獻金是嗎？這種事一旦曝光，你的政治生命就結束了。」

瀧澤又把臉轉向窗戶，平靜地說：

「知道那棟稍微看得見的建築嗎？那是我太太住院的大學醫院。由於自殘事故的後遺症，她的身體有一半動不了。復健並不輕鬆，無論是人或街道，要回復到原本應有的機能都一樣辛苦，不是嗎？我一直很想讓池袋回復到以前那種安全的模樣。我真的是這麼想。」

副知事喘了口氣，繼續說：

「無論哪個國家，都是由女人們最先投入這個世界。以女人的經濟力作為後盾，男人們才開始投入世界。所以強制遣返持觀光護照工作的女性，也不是沒有理由的。不過現在這麼一來，治安重建也就化為泡影了。」

瀧澤成熟地笑著說道。我實在忍不住說了：

「我能了解你真的想把工作做好，但為什麼要和池上組或一之木企畫這種組織合作呢？你腦子裡應該也知道他們是最糟的選擇吧。」

他頭一轉，面無表情地說：

「從大學以來，就沒有人對我講過這樣的話了。所有的藥都有毒，但只要能善加利用，所有的毒都可以當成藥來用。要想治本地改變這裡，就需要新勢力的形成。風俗業也不是一味讓它倒光就是對的，只要狀況受到當局控制，讓他們存活下去也無妨。這才算是真正的指導對吧，橫山警視正？」

禮哥站挺了身子說：

「並不是目的正確就可以不擇手段，副知事。」

我問了當天晚上唯一想問的問題，看對方如何回答，再決定要不要讓Zero One把藥效驚人的情報散播出去。

「我們生存的這個可笑世界裡，可以為了偉大的正義，容許多少數量的渺小犧牲呢？」

「我太太以前總是說：『法律或權力，在運用的時候都要很小心。因為你是大家選出來的人，再怎麼細心注意都不嫌多。』我太太之所以企圖自殺，是為了我的前途。仔細想想，或許就是那次的事件讓我湧出更大的力量，讓我比任何人都還想細心地運用它吧。」

我從牛仔褲後面的口袋拿出聖路易紅雀隊的棒球帽。光一的血還沾在上面的紅色棒球帽。

「今天傍晚，有個年輕男子代替我被人刺殺了。他是我的好朋友，卻在我眼前、在我家店門口出事。我想犯人一定是池上組的相關成員吧。你看。」

我把自己的帽子也脫下來，兩頂並排在他面前。

「光一是個好人，但只是個在池袋的相親酒吧幫忙拉客、頭腦不算好的孩子。您夫人之前也是酒店小姐吧。是不是只要能重建治安，就算風俗業從業人員遭刺、利用自己的太太，也都沒關係？」

瀧澤接過那頂染血的棒球帽，抱在胸前。他的白襯衫似乎被血弄髒了。他看著我的眼睛說：

「有這樣的事?真對不起。我決定徹底嚴懲池上組了，這是身為副知事的我所能做的最後一件事吧。」

我一直凝視他的眼睛。似乎不是說謊。

「等一下，我可從沒說過要把這份資料散播出去呀。你應該還有非做不可的工作才對吧？應該是像我這種黏著於社會底層的人絕對做不了的工作。我會一直看你做了些什麼，如果你又走偏，到時候我會把這消息傳布出去。」

我看向禮哥。

「這樣子可以嗎，署長先生？」

禮哥點點頭，把獻金清單交還給我。這位池袋的警察署長說：

「我決定當成沒看過這份清單，但是請副知事您重新檢討鳳凰計畫。」

我把列印出來的東西撕個粉碎。

「關於鳳凰計畫，我還有話想說，但是下次有機會再講吧，我的專屬保鑣還在走廊上等著呢。」

「等一下。」

瀧澤離開窗邊，往我這兒走來。他把光一的帽子還我，同時伸出手來。我牢牢握住副知事的手。

「那頂帽子你拿去吧。一套新法律的誕生，會如何讓基層的人感到痛苦？請你把帽子當成見證，放在手邊隨時看得到的地方吧。我走了。」

我離開了午夜的套房。副知事目送我離開，讓我有點擔心自己的背部是否挺得夠直。

光一在醫院大約住了兩個星期，又生龍活虎地回到了池袋，繼續當相親酒吧的拉客店員。他不再和我穿相同的衣服了，似乎已經從慘痛經驗中學到教訓。目前他正在努力用功，準備參加明年春天東京都的公務員採用考試。

攻擊光一的嫌犯在幾天後自首了。雖然不知道是否真是他幹的，但老媽覺得確實很像那天那個男的。但他到底是不是個仰池上組鼻息的人，我就不清楚了。

那之後再過幾天，池上組相關店家全面遭到取締。猴子超級高興，說這麼一來就能以相同立場與池上組交涉。只要雙方能坐下來談，再來似乎就能好好地共存共榮了。無論如何，我還是難以理解那個世界的規則。

郁美準備到德國留學，正在努力學德文與練鋼琴。雖然她同樣穿得一副女老師的模樣，最後我還是沒能和她出去約會。也有可能是我表現得太過直接吧。我一直覺得自己做錯了。

池袋的鳳凰，最後被抓到了地面。治安重建作戰雖然持續，執行的方針卻大幅調整。就連設於東京都健康中心的入出境管理局池袋辦公室，也開始可以辦理居留手續，不再只是負責取締。池袋的街道又漸漸看得到外國人了，艾美加現在又變成我們水果行的好客人。

好了，最後是和美。雖然我沒能和郁美交往，倒是找她姊姊出去約會了幾次。她說想把鋼琴當成興趣就好，畢業後再找份一般的工作。不過她那種手腳不乾淨的習慣如果沒改掉，不管到哪裡上班可能也待不了多久。但她說只要能斬斷對鋼琴的依戀，偷竊癖也會自然消失的。

這話是和美講的，所以我不是很相信，但拜她的偷竊癖所賜，鳳凰這下變乖了。或許還是非得感謝和美不可。在一個極其晴朗的午後，她來到我家的水果行。

「不再每天練琴之後，空閒時間就多得不得了。今天要去哪裡玩呢，小誠？」

雖然在約會幾次後，我們已經發展成那種關係了，但我還是不敢像梅中那樣，把自己的癖好說給她聽。面對副知事我可以那樣侃侃而談，但面對適合穿女僕裝的女大學生，我卻什麼也不敢說。看來我的功力還有很大的進步空間。

和美在播放著《火鳥》的店門口，配合曲子的複雜節奏擺動著手指。在不久就要迎接冬天的西一番街，唯獨她的十根指頭像春風一樣輕柔。空中浮現有如鋼琴線般的卷積雲。我希望今年冬天的天氣可以整個冷起來。至於原因，我想各位也應該很清楚吧。天氣愈冷，愈能縮短同物種間的距離，這點無論對西口公園的鴿子、流浪貓，或是人類都一樣適用。

石田衣良系列 8

灰色的彼得潘：池袋西口公園6
灰色のピーターパン 池袋ウエストゲートパーク6

作者 石田衣良（Ishida Ira）
譯者 江裕真
總編輯 陳郁馨
主編 張立雯
協力編輯 鄭功杰
封面設計 白日設計
排版 極翔企業有限公司

社長 郭重興
發行人兼出版總監 曾大福
出版 木馬文化事業股份有限公司
發行 遠足文化事業股份有限公司
地址 231新北市新店區民權路108之4號8樓
電話 02-2218-1417 傳真 02-8667-1891
email: service@bookrep.com.tw
郵撥帳號 19588272 木馬文化事業股份有限公司
客服專線 0800221029
法律顧問 華洋國際專利商標事務所 蘇文生 律師
印刷 成陽印刷股份有限公司
二版1刷 2016年9月
定價 新台幣250元

ISBN 978-986-359-289-1

國家圖書館出版品預行編目(CIP)資料

灰色的彼得潘：池袋西口公園. 6 / 石田衣良著；江裕真譯. -- 二版. -- 新北市：木馬文化出版：遠足文化發行, 2016.09
面； 公分. --（石田衣良系列；8）
譯自：灰色のピーターパン：池袋ウエストゲートパーク. 6
ISBN 978-986-359-289-1（平裝）

861.57 105013577